KB251930

어린이의 곁이면 되었다

어린이의 곁이면 되었다

남지은의 5월

ㄴㄴ > < ㄷㄴ

—
차
례

일러두기
이 책에 실린 어린이의 글은 당사자의 동의를 받아 수록했다. 마유민, 고수현,
진혜윤에게 감사의 마음을 전한다.

작가의 말

있는 힘껏

가진 힘을 다 쓴 것 같아. 내가 나에게 메시지 보내듯 노트에 적어둔 말. 우리가 아는 모든 별이 빛을 꺼뜨리고 저 먼 어둠 속으로 자기를 내던진다면. 나는 누구에게 메시지 할까.

열두 달 중에 가장 환한 달. 꿈속을 걷는 듯한 달. 눈에 닿은 풍경이 뭉그러져 섞이는 달. 나는 그런 5월을 흘겨봤다. 미워서. 좋아서. 애타서.

5월은 모두의 생일. 모두가 태어난다. 어제는 보이지 않던 새잎이. 쌀 한 톨만한 벌레가. 엄마 오리를 따라 줄지어가는 아기 오리들과. 돌 밑에 숨은 생쥐 가족이…… 나를 본다. 한겨울에 태어난 나는 5월생 친구들을 오래도록 부러워했지. 5월에 태어났다면 나도 저애들처럼 웃고 떠들면서 함께 어울려 놀았을까. 붙임성 있게 누구에게든지 금방 말을 걸고 사귀었을까. 낯선 곳을 마구 뛰어다니며 땀을 흘렸을까. 쏟아지는 햇빛 아래 눈을 찡그리면서도 고무줄놀이를 했을까. 발을 걸어 넘으며 노래하고 이길 때까지 물러서지 않는 저애들 같았을까. 억지로 입은 밝은색 옷이 내 것 같지 않아서 숨어다니는 일만은 없었겠지.

나는 어린 시절 기억이 별로 없다. 엄마와 동생이 우리가 살았던 곳이나 그때 이웃해 살던 사람들 이름을 대면 도무지 가물가물하다. 자세히 들어보아도 내게서는 그 기억이 아주 지워졌거나 파편처럼 일부만이 남아 있다.

내게 남아 있는 기억은 이런 것, 바다 가까운 작은 도시에 살았을 때의 장면이다. 손톱만한 소라게, 불가사리, 조개껍데기, 바위에 걸린 해초 따위를 주워모아 놀았다. 유릿조각이 파도에 쓸리고 깎여서 구슬 모양으로 변한 것도 있었다.

손바닥에 차례로 올려 요모조모 뜯어보던 게 생각난다. 바닷가에 가면 언제나 신기로운 것이 가득했다.

국어 교사로 일하셨던 외할아버지가 초등학교 입학 선물로 국어사전을 사주신 일도 기억한다. 밝은색 표지에 '동아 새국어사전'이라고 적혀 있었다. 기역부터 히읗까지 반달 모양 색인을 넘겨가며 단어들을 꼭꼭 눈에 담았다. 모르는 단어의 뜻과 예문을 찾아오라는 숙제를 할 때만이 아니라 심심하면 펼쳐서 비슷한 말과 반대말, 문장부호의 쓰임 같은 것을 잘 봐두었다. 새 학기가 되면 자기 이름의 한자와 뜻풀이를 가지고 자기소개를 해야 했는데, 사전에서 '지은이'의 뜻을 찾아 장차 '글을 쓰거나 문학작품, 악곡 따위의 작품을 지은 사람'이 되고 싶다고 발표한 것도 기억한다.

글쓰는 사람이 아니라 음악을 만드는 사람이 되었어도 좋았을 것이다. 내가 지은 곡에 맞추어 사람들이 춤을 추어도 좋을 것이다. 내가 쓴 글을 읽는 사람들은 어떤 표정을 지을까. 볼 수는 없지만 아마 나와 비슷한 표정을 짓는 사람들이겠지. 애틋한 마음이 든다.

내가 쓴 글은 좀처럼 5월과 어울리지 않는 것 같다. 연필 꼭지를 잘근잘근 씹는 아이가 나오는 글을, 어깨를 움츠리고 원고 마감을 하는 시인이 나오는 글을 이토록 해사한 5월에 읽고 싶은 사람이 있을까. 그럼에도 이 책을 펼친 누군가가 있다면 그를 위해 내가 할 수 있는 최선을 다해 말하고 싶었다. 더 나은 사람이 되려고 애쓰던 시간에 대해, 소망과 실망에 대해, 마음 아끼지 않고 전력으로 사랑한 이들에 대해. 말하자면 이 책에 실린 글은 있는 힘껏 울고 나서 쓴 글이다. 말갛게 갠 얼굴로 나 자신과 정직하게 마주하면서 썼다.

가까운 몇 년 동안 나는 아이들 얼굴을 유심히 보았다. 햇빛을 받아 희게 보이는 얼굴. 눈썹을 살짝 모은 채 무언가를 떠올리려 하는 얼굴. 금방 웃고 금방 그치고 금방 다른 생각을 하는 얼굴. 보고 있으면 누구도 대신할 수 없는 자기만의 표정을 저마다 가지고 있었다.

십여 년 전의 나는 몰랐지만 그때처럼 지금도 아이들을

만나고 있다. 등단한 후 출판사에서 어린이책 편집자로 지낸 삼 년여를 제외하면 한 해도 거르지 않고 줄곧 아이들을 만나온 셈이다. 어린이라는 존재를 사랑해서 연관된 일이라면 무엇이든 했는데, 특히 책으로 아이들에게 말을 건네고 마음을 나누는 일이 즐거웠다. 학교, 도서관, 동네서점, 어린이병원, 복지관…… 방방곡곡을 다니며 글쓰기 수업을 계속하면서 아이들과 함께 배우고 성장한 기분이다. 아직 잘 모르는 것이 많지만 이 책을 준비하면서 분명해진 한 가지는 아이들 곁에서 읽고 쓰는 일을 하며 나를 비로소 긍정하게 되었다는 것이다. 아이들에게 말을 걸기 위해 읽고 쓴 시간이 내 영혼을 살찌우고, 아이들 앞에 서기 위해 내면을 들여다보고 다듬는 과정이 나를 더욱 나답게 만들어주었다.

이 때문에 나는 이 책에서 자연스럽게 어린이를 말하게 되었다. 첫 시집을 내기까지 겪은 쓰기의 어려움, 그 시간 동안 아이들과 함께하면서 발견한 것들, 그리고 다시 무언가를 쓰면서 얻게 된 용기를 에세이에 고루 담았다. 첫 시집을 낸 후부터 지금까지 발표한 시들을 모아 사이에 껴넣었다. 대부분 내가 좋아하는 겨울에 썼거나 발표한 것이라서 5월의 정취에 어울리지 않지만 지나간 겨울을 떠올리는 늦봄도 어쩐지 운치가 있는 것 같다. 그림일기는 반려견 짱이를 돌보거나 떠나보내면서 기록한 것이다. 상실 뒤에 찾아온 슬픔을 다독이기 위해 수 번의 봄을 통과하며 쓰고 그린 조각을 그러모았다.

그러고 보니 첫 시집도 봄, 첫 산문집도 봄에 태어났다. 책 한 권으로 전부를 말할 수 없겠지만 삶의 일면이 조금쯤 밝아진 것 같다. 봄이 봄인 게 좋다. 한 글자로 오롯이 서 있는 봄. 잎사귀를 밀어올리는 봄. 맨몸의 겨울나무는 다 잊어버렸다. 내일이 있다는 게 좋다. 자고 일어나서 새 기운으로 움직일 수 있는 새날. 재작년 일기에는 내일이 오는 게 무서워 꼼짝 못 하는 내가 있다. 닳아가는 비누처럼 쪼그라들던 내 심장.

5월은 우리에게 무엇을 알려주려고 왔을까. 5월이 거느린 작은 탄생. 작은 죽음. 부드러운 흙을 만지면 느낄 수 있다. 죽고 나서 또다른 몸으로 우리에게 오는 것들. 봄이라는 상자 안에는 무엇이 들어 있을까. 손을 집어넣어 만져 본다. 꺼내어 눈으로도 살펴본다. 내가 돌본 것. 나를 돌본 것. 5월의 태어남이 좋다. 5월의 껴안음이 좋다.

봄은 나를 껴줄까? 뿔난 마음도 다 안아주는 봄.
웃으면 볼우물이 패는 얼굴. 가진 힘을 다 쓴 것 같아도.

5월 1일 — 에세이

풀냄새가 끼친다

꽃집에 간다. 꽃은 어디서나 아름답지만 길을 돌더라도 부러 찾게 되는 가게가 있다. 꽃과 풀이 풍성하게 준비되어 있거나 화려한 포장이 가능한 곳도 좋지만, 꽃을 어디에 쓰는지 묻고, 어울리는 색과 모양을 잡고, 간소하여도 세심히 종이를 둘러주는 집이 좋다. 꽃을 다루는 사람의 손길이 찬찬하고 편안하면 믿음이 간다. 그런 집에서 가져온 꽃은 여린 잎이 덜 상한다.

축하할 일이 없어도 꽃을 산다. 새로 써야 하는 글이 생기면 그렇게 한다. 거리마다 만발하는 벚꽃과 장미, 뒷산에 내리는 이팝나무꽃, 탄천을 달리는 금계국과 수레국화……

이맘때 지천으로 피는 꽃들을 핑계삼아 도망치고 싶을 때, 책상 한편을 지키는 꽃을 보면서 글을 쓴다. 절화가 다 시들기 전에 이 글을 완성하자고 마음먹는다.

*

첫인사를 준비한다. 아이들 앞에서 할말을 미리 적어보면 도움이 되다 감상할 책 수개와 활동 안내 멘트도 써둔다. 책의 내용을 먼저 다 말해버리지 않게 주의하면서 아이들의 호기심을 건드릴 질문을 몇 개 떠올린다. 활동 설명은 단순하게 정리한다. 빠뜨린 내용이 없는지 점검한 뒤 소리 내어 읽어본다. 말이 엉키면 문장의 길이를 줄여본다. 어려운 말은 쉬운 말로 바꿔본다. 아이들이 들으면서 요점을 놓치지 않도록 말의 높낮이와 강약을 조절해본다.

만나서 반가워요. 이곳은 제가 사는 집이자 일하는 공간이에요. 여러분이 앉아 있는 바로 이 테이블에서 저는 제 글을 쓰기도 하고 다른 사람이 쓴 글을 다듬어 책으로 만들기도 해요. 앞으로 우리는 이 자리에서 글쓰기 수업을 할 거예요. 읽고 쓰고 나누면서 생각과 마음을 마음껏 펼쳐보면 좋겠어요. 저기 보이는 그림책과 동화와 동시집, 필기구와 종이는 필요할 때 자유롭게 꺼내 써도 좋아요. 휴대폰은 가방에 잘 넣어두고요.

*

오늘 데려온 꽃은 작약 네 송이. 빵 반죽처럼 부푼 둥근 얼굴. 리본을 풀어 줄기 끝을 자른다. 풀냄새가 끼친다. 깨끗이 씻어둔 화병에 물을 채우고 꽃을 꽂는다. 내가 아닌 어린 손님들, 수업 오는 아이들이 바라볼 것이기에 신경을 쓴다. 꽃을 준비하는 건 아이들과의 시간을 준비하는 나만의 작은 의식이다.

아이들을 맞이하기 십 분 전. 모든 창을 활짝 연다. 참았던 숨을 들이마시는 것처럼. 집이 부푼다. 마음이 살아난다. 생기가 살아난다. 무언가 시작되기 전의 설렘 같은 것이 나를 들뜨게 한다. 이 시간이 되면 나는 조금 다른 사람이 된다. 나를 짓누르던 슬픔과 무력감이 물러난다. 쪼그라들어 있던 마음이 팽팽해진다. 새로운 활력과 용기가 샘솟는다. 미래에 대한 염려나 근심보다는 그에 맞서 무언가를 시도할 준비와 태세가 갖춰진다. 아이들과 함께할 때는 일시적이더라도 바깥을 향해 열린 나 자신을 생생히 느낄 수 있다. 나는 마치 무대를 앞둔 가수가 된 듯이 가벼운 긴장감을 느끼면서 아이들을 기다린다.

아직 아무도 오지 않은 방에서 되뇐다. 네가 가장 하고 싶은 말을 끝까지 들어주겠다고. 무슨 말이든 잘 들어주고 싶다. 오늘 하루 있었던 일을 시시콜콜 들어주고 싶다. 아이들의 말은 종종 느려지거나 멈춘다. 돌아가거나 엉킨다. 잘 들어준다는 건 그 말을 대신 정리해주고 싶은 마음을 꾹 누르고 충분히 기다리는 일이다. 아이들이 자기 말의 모양을 스스로 찾도록 기다려주는 일이다. 내 머리통에 납작하게 붙어 있는 한 쌍의 귀가 불어나고 불어나 열 쌍의 귀를 가질 수 있다면 좋겠다. 작은 말 안에 든 아이들의 자랑, 서운함, 기다림, 흥분을 들어주고 싶다. 같은 이야기를 반복하거나 갑자기 다른 이야기를 꺼내도 엉뚱하게 여기지 않도록 조심하고 싶다. 말과 함께 아이들의 표정과 망설임과 침묵을 읽고 싶다. 별뜻 없이 하는 말이라 해도 그 안에 든 작디작은 슬픔까지 알아주고 싶다. 말의 겉이 아니라 그 안쪽에 머무는 마음까지.

　내가 충분히 기다리기만 한다면 아이들은 조금씩 자기 마음을 드러낼 것이다. 덜 핀 봉오리가 열리면서 꽃들이 또 다른 얼굴을 보여줄 것이다.

5월 2일 ― 에세이

태어나서 처음

"태어나서 꿀차는 처음 먹어봐요." 색색의 머그잔을 쥐고 아이들이 재잘거린다. "얼마 전에 저는 장미차를 첨 마셔봤어요. 입안에 꽃잎이 떨어지는 것 같아요. 맛은 흔한 풀잎 같지만요."

나는 두 귀를 아이들에게 맡겨둔 채 창문을 닫는다. 비구름이 멀리 물러나는 중이다. 탁자 아래로 아이들 양말이 제각기 뒹군다. 요 앞 골목에서 물웅덩이를 밟으며 놀다 들어온 모양이다. 누가 더 크게 물을 튀기는지 내기했다는데, 아무도 진 사람이 없다.

이긴 사람 진 사람을 따지느라고 아이들이 부산한 틈에 나는 양말을 줍는다. 글쓰러 오는 길이 오늘처럼 맨날 설레고 즐겁기만을 바란다면, 그건 내 욕심이려나. 양말을 한 짝씩 털어 수납장 위에 걸친다. 아이들 발이 이렇게 작았나. 아직 이렇게 작은 사람들이구나.

"여기에두 장미가 있네요?" 창가에 놓인 분홍 장미를 보고 한 아이가 말한다. 다른 한 아이가 가까이 가서 꽃을 살살 건드려본다. "아기 장미인가봐요. 자라는 중인가요?"

처음이 많은 아이들. 작은 우연을 놓치지 않고 소중히 여기는 아이들. 꿀처럼 귀한 물음을 입술에 묻힌 아이들. 오늘 너희에게 어떤 시와 이야기가 깃들까.

더운물을 좀더 내온다. 들뜬 마음을 가라앉힐 때까지 시간을 준다. 꿀차를 한입씩 넘길 때마다 높던 목소리가 누그러진다. 아이들이 반듯이 앉아 오늘 쓸 연필을 고른다.

5월 3일 — 시

이야기 윈도

거미가 줄을 타고 내려옵니다
내려옵니다

좋은 이야기가 아가들 수만큼 필요해서
건너갑니다

다음 줄글, 그다음 줄글로

아 여름 배경의 동화는 읽는 내내
맑은 수정 구슬을 만지는 기분이 든단 말이지
다 읽고 덮었는데도

물비누 냄새가 풍기는 이야기

집유령거미가 아랫입술을 옴짝댑니다

저 그림 속에 살 수 있다면
문틈을 비집고 들어설 수 있다면

기나긴 잠을 청할 텐데

깨질 듯 깨지지 않는
공기 방울이 방안을 떠다니는 이야기

한밤, 그다음 밤으로 건너갑니다

알주머니를 입에 꼭 문 채로
거미가 줄을 타고 올라갑니다 올라갑니다

5월 4일 — 에세이

언 강 아래로 흐르는 물

종종 사주나 타로를 본다. 나의 생년월일시를 가지고 역술가들이 자신의 해석을 덧붙여 조금씩 다르게 말한다. 내가 무작위로 뽑은 카드를 두고 점술가들이 아주 많은 비유와 상징을 섞어 설명한다. 그 말들이 사실인지 아닌지는 내 관심 밖이다. 한 사람을 통과하는 작은 이야기로서 흥미롭게 들릴 뿐이다.

나의 사주는 '언 강 아래로 흐르는 물'이다. 물은 물인데 스스로를 드러내지 않는 물. 겉으로는 고요하고 멈춰 있는 것처럼 보인다. 표면은 단단하게 얼어 있고 아무 일도 일어나지 않는 것처럼 보인다. 그런데 그 아래에서는 느리지만 멈추지 않고 한 방향으로 무언가가 움직여간다. 아무 변화가 없어 보이는데 보이지 않는 곳에서는 끊임없이 무언가가 일어나고 바뀌고 지나간다. 언 강 아래로 흐르는 물은 바깥에서는 보이지 않는다. 지금은 증명할 수 없지만 언젠가 모습을 드러내는 흐름이다. 봄이 되면 더 큰 물살로 흐른다. 나는 이 비유가 마음에 들어 노트에 적어둔다.

언 강 아래로 흐르는 물. 이것으로 나의 말하기 방식을 이해해볼 수 있을까. 경험이든 감정이든 생각이든 나는 그것을 바로 꺼내 표현하기보다 오래 가지고 있는 편이다. 지금 당장 설명하거나 설득하려 하지 않고 시간을 둔다. 대단한 비밀이라서가 아니라 그저 그렇게 하는 것에 익숙하다. 글이나 말로 나를 표현할 때 모든 것을 드러내기보다 덜어내는 것을 선호한다. 최소의 것만 남기고 나머지는 감추는 것을 좋아한다. 아주 어릴 때부터 말수가 적고 조심스러운 성향이었기 때문인지 모른다. 아니 어쩌면 성격이나 기질을 떠나, 살아오면서 그런 식으로 말하고 쓰는 것을 내가 선택했기 때문인지 모른다.

얼어붙은 강의 표면처럼 내 입술은 오래전부터 침묵을 선택했다. 바로 말하지 않고 시간을 두었다. 그러면 내 안에서는 시간이 지나면서 처음과는 다른 감정이나 생각이 떠오르기도 하고 새로운 의미를 찾을 수 있기도 했다. 아무 일도 일어나지 않는 것처럼 보이지만 눈에 보이지 않는 층위에서 내가 무언가를 계속 굴리고 있는 것이라고 생각하면 조바심이 나지 않았다.

다르게 흐르는 겉과 속의 언어. 겉은 멈춰 있지만 속은 계속해서 흐른다는 느낌. 그 감각이 나를 얼마간 지탱해주었다. 그리고 실은 무엇보다 모든 것을 말하지 않음으로써, 침묵함으로써 나는 안전감을 느꼈다. 무엇 때문일까.

내 삶의 주요 장면들이 내 안을 굴러다닌다. 물살을 따라 얼었다 녹기를, 가라앉았다 떠오르기를 반복하면서. 그중에서 가장 무지막지하게 커다랗고 단단한 돌덩이를 떠올린다. 한 자리에서 꼼짝하지 않는 돌덩이. 그에 반해 나는 너무 조그맣다. 힘이 부족해서 그 돌덩이를 밀어내지 못한다. 조금 더 자란 내가 그 돌덩이를 움직여보려고 힘을 쓰지만 실패한다. 믿을 만한 사람 몇몇과 머리를 맞대보지만 뾰족한 수가 없다. 실패한다. 그 돌덩이를 치워보려는 나의 몸 곳곳에 흉이 지고 굳은살이 박인다. 시도하고 실패하면서 나는 어른이 되고 늙어간다. 어린 시절의 기억과 상처로 이루어진 나의 그 돌덩이는 여전히 내 안에서 산다. 다만 모서리가 깎이고 닳아 자갈이 되고 돌멩이가 되고 모래알이 되어 처음의 형태를 잃은 채로.

직업군인이었던 아버지는 군부대가 있던 강원도에서 신혼생활을 했다. 단란한 가정을 꿈꾸며 고향을 떠나 아는 사람 하나 없는 곳에 신접을 차린 어머니에게 날마다 거친 욕설과 비난을 퍼붓고 폭력을 행사했다. 내가 태어나고 나중에 여수로 내려와 살게 되었을 때도 달라지지 않았다. 아버지는 독재자였다. 어머니와 나, 그리고 내 동생은 아버지로부터 지시받고 휘둘렸다. 우리 자매는 아주 어릴 때부터 술 담배 심부름을 하고, 저지른 적 없는 잘못에 용서를 구하고, 깊은 새벽까지 뜬눈으로 설교를 들었다. 우리가 어떤 생각을 하는지, 어떤 기분인지는 드러내선 안 됐다. 스스로를 보호하기 위해서는 다른 방법이 없었다. 상명하복의 질서대로 고분고분하게 움직였다. 아버지의 말대로 따른다고 해도 그는 트집거리를 만들어 어머니를 때렸다. 살림살이를 부수고 던졌다. 어머니가 아무 잘못이 없다는 것을 증명하려 들면 자신이 비난받거나 무시받았다고 느껴 더욱 가혹하게 굴었다. 나와 동생은 벌벌 떨면서 어머니를 때리지 말아달라고 필사적으로 매달렸다. 깡마른 여자아이들이 덩치 큰 성인 남자의 등에 매달리거나 팔다리를 동여매는 식으로 손찌검과 발길질을 막아보려고 애를 썼다. 종종 친척이나 친구 집으로 어머니가 피신해 있으면 그것을 감추기 위해 매우 조심했다. 청소년기를 지나며 동생이 부당한 처사에 반항하기 시작했을 때 아버지는 동생의 말에 분노를 터뜨렸다. 동생이 다니는 중학교에 찾아가 시비를 따지고 교무실을 뒤엎기도 했다. 가출한 동생을 찾아다녔고 결국 집으로 데려와 다시는 밖에 나갈 수 없게 해주겠다면서 동생의 긴 머리칼을 식가위로 잘라댔다. 신체적으로도 감정적으로도 경제적으로도 자유를 빼앗긴 모녀는 서로를 지키기 위해 서로를 떠나지 않고 긴 시간을 버텼다. 아버지를 고발해도 우리에게 돌아오는 건 어제보다 더 큰 고통뿐이었다. 나의 권유로 어머니가 이혼 서류를 내고 열아홉 살이 된 동생과 분가할 때까지, 이후 내가 아버지와 일 년여 정도를 더 살다가 대학 졸업과 동시에 독립할 때까지 그런 나날이 반복됐다.

　말하지 않으면 안전하다. 이 오래된 믿음은 버리려고 해도 버려지지 않았다. 어린 내가 살아남기 위해 익힌 생존 방식이자 기술이었기 때문이다. 내게 말은 위협이고 위험이었다. 이해나 소통을 위한 도구가 아니라 오히려 더 큰 긴장과 통제를 불러오는 촉매제였다. 내가 무엇을 느끼고 생각했는지보다 지금 이걸 말해도 괜찮은지가 훨씬 더 중요했다. 예측할 수 없는 상황과 두려움 속에서 나는 차라리 말하지 않는 쪽을 선택할 수밖에 없었다. 그것 외에는 다른 선택지가 없었다.

　등단작 「넝쿨장미」는 내가 우리 가족에게 있었던 폭력의 기억과 역사를 처음으로 말해본 글이다. 그때까지 다른 누군가에게는 물론이고 일기에서조차 제대로 털어놓은 적이 없던 것을 시에 가까운 무언가로 가까스로 말하여본 것이다. 등단부터 첫 시집 출간까지 꼬박 십이 년이 걸렸다. 첫 시집에는 침묵 속에서 보이지 않게 내 안을 흐르던 문장들, 이를테면 "모두가 찌르고 모두가 찔리고/모두가 떠나지 않고 이곳에 서 있다" 같은 문장들이 담겨 있다. 쓰는 사람은 나이지만 시와 시집에도 사주팔자가 있어 저마다의 때와 속도대로 저절로 움직여간다는 생각을 해본다.

여전히 나는 입술을 떼기가 쉽지 않다. 다루기 힘든 문제일수록 그것을 아주 세밀하게 분석하면서 지내기도 한다. 상황과 감정을 아주 천천히 따라가면서 안정을 찾으려고 노력하기도 한다. 어릴 때의 일이 삶 전체에 영향을 주고 특히 말하기에 있어 벗어날 수 없는 덫처럼 나를 옥죄고 있다는 사실을 깨닫고 받아들이는 데 참 오랜 시간이 걸렸다. 이제는 안다. 침묵이 나를 지켜주기도 했지만 때로는 나를 가두기도 했다는 것을. 어느 정도 도움이 되기도 했음을 알지만 계속 고집하고 싶지는 않다. 더이상 어리지 않은 나에게 다른 선택지를 주고 싶다. 보이지 않게 흐르는 물이 나의 말하기 방식이라면, 이제는 그 흐름을 언제, 어떻게 드러낼 것인지를 스스로 선택하고 싶다. 쉽게 지나가지지 않는 기억, 말로 붙들리지 않는 마음은 문장이 되기 마련이다. 드러나

기까지 시간이 걸리더라도 자책하거나 체념하지 않으면서 나는 그것을 투명하게 말하고 싶다. 나의 말하기 속도와 방식이 일으키는 파동을 온전히 이해한 채로.

크고 작은 돌덩이를 상상한다. 모서리가 깎여나가 자갈이 되고 모래알이 되어 강 하구에 쌓이는 장면을 상상한다. 잘게 부수어진 무수한 입자들이 떠밀려와 모래톱을 이룬다. 얼음이 녹고 맑은 물이 흐른다. 넓지 않은 모래톱에 물풀이 자라고 날던 새가 내려와 숨을 고른다. 언 강을 바라보던 사람은 말해주지 않을까. 아무것도 없는 줄 알았는데, 여기 무언가가 있었네. 그 말을 들은 나도 그제야 나 자신을 그렇게 느끼게 되지 않을까. 그때까지 보이지 않게 나는 흐른다. 언 강 아래로 흐르는 물.

5월 5일 — 에세이

생각하면 좋은 것

아이들이 쓴 문장을 읽고 있으면 찌들어 있던 눈과 마음
이 맑아지는 느낌을 받는다. 자기가 느낀 대로 진솔하게 말
한 글이라면 분량이 길지 않아도 좋고, 맞춤법이 좀 틀려도
감상에 아무 문제가 없다.

아이들과 '생각하면 좋은 것'의 목록을 적어보기로 했다.
특별한 사건이 아니어도 괜찮고, 정확한 대상이 있지 않아
도 내 마음이 움직이는 사소한 순간을 적어도 좋다고 말해
주었다. 아이들은 그리 망설이지 않고 좋아하는 것을 써내
려갔다. 일상의 사소한 순간을 눈여겨보고 무엇이 자신을
기쁘게 하는지 하나씩 짚어보는 건 누가 알려주지 않아도

역시 아이들이 최고로 잘하는 일.

　어른이 된 우리는 그런 시간을 얼마나 자주 가져보았을
까. 무엇이 나를 웃게 만드는지, 언제 마음이 편안해지는지
를 곰곰 떠올려보는 시간. 떠오르는 대로 꾸밈없이 몇 줄 적
어보는 시간. 오늘 하루, 잠깐 멈춰서 생각만으로 기분 좋아
지는 것들을 종이에 적어보면 어떨까. 그 순간만큼은 둥둥
가벼워지길 바라면서,

　한 아이가 쓴 글을 옮겨본다.

　생각하면 좋은 것[*]

마유민

직접 만든 종이배가 물위에 뜨면 좋다.
좋아하는 것을 보는 것은 좋다.
그 좋아하는 것이 뭐가 되든 좋다.

해변의 따스한 햇볕이 머리에 묻어나

정수리가 뜨거워진 것을 두 손으로 느끼는 것이 좋다.

머리를 높게 묶고 확 잡아 조이는 느낌이 좋다.

그러면 완성되는 머리 모양도 좋다.

친구와 손을 맞추어 '푸른 하늘'을 하는 것도 좋다.

어쩌면 친구와 있는 것이 좋은 걸 수도 있다.

백 점짜리 시험지를 들고 있는 것도 무엇보다 좋다.

가끔 받는 시험지라 더 좋은 것 같다.

빨간 펜과 노란 펜으로 동백꽃을 그리는 것도 좋다.

사인펜을 색깔대로 넣는 것이 좋다.

다 그린 그림을 선에 맞춰 오리는 것도 좋다.

싹둑싹둑 소리도 좋다.

집에 와서 답답했던 마스크를 벗는 것이 좋다.

우리집 토끼와 놀다가 보드게임을 하다가

밥 먹으라는 엄마의 목소리가 들린다.

그런 목소리를 가진 엄마가 좋다.

엄마가 우리 엄마여서 좋다.

나는 내 가족을 생각하는 것이 제일로 좋다.

---

* 박연준 시인의 산문 「생각하면 좋은 것」을 감상하고 같은 제목의 시를 썼다.

5
월
6
일
—
에
세
이

『아홉 살 마음 사전』은 마음을 표현하는 단어 팔십 개를 생생한 문장과 그림을 더해 사전 형태로 소개하는 책이다. '뿌듯하다' '흐뭇하다' '억울하다' '조마조마하다' 등 자주 쓰이는 감정 단어의 뜻과 쓰임을 알고 자기 생각과 느낌을 섬세하게 표현하는 데 도움을 준다. 언젠가 수업을 준비하며 책을 뒤적이는데 한 페이지가 찢겨 있었다. '사랑하다'가 실린 페이지였다. 종이를 거칠게 뜯어낸 자국이 아니라, 누군가 조심스럽게 떼어낸 흔적이 보였다. 책이 손상됐지만 조금의 불쾌함도 없이 웃음이 터졌다. 우리집 책장의 주인은 나와 학생들 몇몇인데, 누구일까. 수업에 오는 여덟 명 중 한 아이일 텐데.

사랑이란 뭘까 알고 싶은 사람, 아끼고 소중히 여기는 마음을 말하고 싶은 사람은 우리 중 누구일까. 몰래 가져가고 싶을 만큼 그애에게 필요했던 말이 '사랑하다'라는 것이 의미심장하다. 나는 끝내 누가 그랬는지 묻지 않았다. 사랑이라는 말을 누가 가져갔는지, 그 말을 어디에 쓰려고 했는지 몰라도 좋다. 어떤 말은 그렇게 몰래 가져가야 자기 것이 되는 거 아닐까. 간절히 언은 말은 누구도 빼앗아길 수 없나.

*

책 속에는 아름다운 낱말이 아주 많다. 비, 잉어, 물주름, 빗과 고무줄. 나지막하게 발음해보면 입술 사이로 작은 숨이 새어나간다. 신현이의 동화 『아름다운 것은 자꾸 생각나』에 등장하는 나영과 보경은 자기들의 작은 목소리를 들어주는 홍자 선생님과 잉어를 떠올리며 이렇게 말한다. "아름다운 것은 꿈에 나오는구나." "아름다운 것은 자꾸 생각나는 거구나."

나에게 아름다운 것, 자꾸 생각나는 것은 낮잠, 산책, 걷고 싶다는 기분, 잘 마른 이불, 녹아가는 눈, 공원에 모여 노는 아이들 모습, 강아지를 형이라고 부르는 아이의 마음 같은 것…… 목록을 적어내려가다가 문득 어떤 손을 떠올린다. 텅 빈 종이 위에서 골똘해지는 손, 기다림 끝에 조심스레 움직이는 손, 쌓인 눈에 발자국을 찍듯 흔적을 남기는 손.

연필 자국을 지우다 지우다 종이가 해질 만큼 애쓰는 손도 있다. 지우개 가루를 손날에 묻힌 채로 다시 한 줄을 써내려가는 손. 왜 우리는 그렇게 지우면서도 다시 쓰는가. 왜 글을 포기하지 않는가. 지우고 다시 쓰는 일은 생각보다 많은 용기를 필요로 한다. 자기 마음을 몇 번이고 고쳐 말하려는 사람만이 그렇게 할 수 있기 때문이다. 나는 그런 손을 가만한 눈으로 바라본다. 그 손이 무언가를 찾아가는 중이라는 걸 안다. 지우고 다시 쓰는 동안 조금 더 자기 마음에 가까운 말을 찾아가게 되리라는 걸 안다.

지우개 가루가 흩어진 자리에 쓰는 사람의 망설임과 고심과 애씀이 함께 남는다. 그 모습을 보고 있으면 어쩐지 나를 보는 것 같기도 하다. 나 역시 그렇게 지우고 다시 쓰는 시간을 오래 지나왔고 지금도 그렇게 하고 있기 때문이다. 마음에 가까운 말을 찾는 일은 더디고 어려운 일이다. 한 번 쓴 문장을 지우고, 고쳐 쓰고, 또 지우기를 반복하고 나서야 가까스로 마음에 닿을 수 있다. 글쓰기가 언제나 그렇게 이루어진다는 점이 나를 울리기도 하고 지치게도 한다. 하지만 그래서 아름다울 수 있다.

나는 스스로를 글쓰는 사람이라고 말하는 게 늘 부끄럽고 자신 없다. 마음을 말하고 쓰는 일에 누구보다 서툴다. 어떤 문장을 쓰기까지 아주 많이 망설이고, 이미 쓴 문장을 몇 번이고 지워버린다. 그런 습관은 어린 시절부터 시작되었는지도 모른다. 나는 마음을 말하기보다 속에 담아두는 아이였다. 말을 꺼내기 전에 이 말을 해도 괜찮은지 끈질기게 따졌다. 누군가의 기분을 거스르지 않을지, 내가 상대방의 말을 잘못 이해하고 있는 건 아닌지 몇 번이고 되짚었다. 그렇게 고르고 고른 말만 겨우 입 밖으로 나왔다. 때로는 아무 말도 하지 않는 편이 더 안전하다고 느꼈다. 마음을 드러내는 말은 나에게 위험한 것, 언제 터질지 모르는 시한폭탄 같은 것이었다. 그렇게 오랜 시간을 보낸 탓일까. 출구를 찾지 못한 말들이 내 안에서 웅웅거렸다.

글을 쓸 때 나는 한 번에 말을 꺼내지 못한다. 한 줄을 쓰고 지우고, 다시 쓰고 또 지우기를 반복한다. 마음에 가까운 말을 찾기까지 많은 시간이 든다. 그럼에도 쓰기를 버리지 않는 건 쓰다보면 내 안에 숨어 있던 작은 목소리를 들을 수 있기 때문이다. 모호하게 알던 것, 희미하게 느끼고 있던 것, 끝까지 감추고 싶던 것이 쓰면서 형체를 얻는다. 내가 내는 소리에 마치 유령을 마주치기라도 한 것처럼 깜짝 놀란다. 내 입에서 흘러나오는 유령의 목소리. 숨어 있던 내가 어둠에서 불쑥 걸어나온다.

쓰는 동안 우리는 자기 안의 목소리를 다시 듣는다. 쓰기 전에는 잘 보이지 않던 마음이 문장과 함께 떠오른다. 쓰고 나면 쓰기 전과는 조금 다른 사람이 되어 있는 느낌을 받을 때도 있다. 어쩌면 그래서 쓰는 손이 아름다워 보이는지도 모른다. 지우고 또 지우면서도 어떻게든 말을 찾으려는 손. 어렵고 힘들어도 한 줄 더 써보려는 손. 그런 손은 이미 포기하지 않겠다고 말하고 있다.

*

대학 시절 방학마다 독서교육 봉사를 다닌 일이 생각난다. 캠프를 열어 스무 명 남짓한 아이들과 읽고 쓰고 마지막 날 작은 극을 올리던 일. 단 며칠짜리 이벤트가 아니라 평생 만나지는 풍경이기를 꿈꿨던 일. 나는 특정한 직업을 소망한 적이 없다. 어린이의 곁이면 되었다. 어린이책 편집자로, 시인이자 글쓰기 선생으로 모양을 바꾸어가며 십여 년을 지나왔다. 그림책이나 동화, 시 안에서 어린이를 만나는 것도 그래서 즐겁게 해왔다. 그런데 아이들을 사랑하는 마음은 어디서부터 온 것일까. 자꾸 생각나는, 꿈에도 나오는 작은 손.

다섯 살, 일곱 살, 아홉 살, 열한 살, 스무 살, 마흔 살, 일흔 살의 쓰는 손. 운이 좋게도 수업과 모임을 통해 이제 막 글을 시작한 아이와 어른을 고루 만나왔다. "책상 밑에 들어가 글쓰면 좋은 생각이 나요" 하는 이사랑 어린이가 쓴 시도 읽고, "나는 시는 못 써, 그냥 내 생각이나 몇 줄 적을게요" 하는 임득조 할머니가 쓴 시도 읽었다. 아이도 어른도 글쓰는 한 사람 한 사람이 되어보는 시간을 가지면서, 더 자고 싶은데 부스스 일어나 쓴 글, 대단하진 않아도 의미가 있는 글들이 우리 손안에 쌓였다.

일상의 시인들. 무명의 작가들.
자유롭고 과감하게 쓰기를 이어가는 사람들.
기꺼이 분투하고 실패하는 베테랑들.

그들과 쓰고 읽고 마음 나눈 시간은 아무도 훔칠 수 없는 나만의 것이다. 누군가는 상을 받고 이름을 얻고 더 멀리 나아가겠지만, 내가 이 시간들로부터 받은 것은 다른 종류의 것이다. 누군가 처음으로 자기 마음을 써보는 순간을 곁에서 지켜보는 일, 작은 쪽지에 담긴 마음을 건네받는 일, 쓰기를 통해 조금씩 단단해진 사람을 만나는 일. 이 일은 어린 날의 나에게 간절했지만 구할 수 없었던 일이며, 그때의 나와 비슷한 누군가가 있다면 이제는 더이상 어리지 않은 내가 그를 위해 해줄 수 있는 유일한 일이다.

그들의 이상하고 아름다운 글에 홀려, 나는 오래도록 쓰지 못한 시를 시작할 용기를 얻고는 했다. 쓰기 시작하면 누구든 더 강해진다. 종이 위에 남겨둔 말이 언젠가 우리를 다시 일으켜세우기 때문이다. 쓰면서 우리는 더 많은 것을 껴안고 사랑할 수 있다.

5
월
7
일

그
림
일
기

여전히 높이 빛나는 꼬리

―2018년 봄

장미가 흐드러진 오월, 우린 걷고 또 걸었다.

*

산책할 때는 개의 걸음에 온 정신을 집중한다. 줄을 짧게
잡아 방향을 잡아주어야 한다. 줄이 없으면 개가 갈피를 잡
지 못하고 이리저리 가다 결국 넘어지거나 어딘가에 부딪
히기 십상이다. 오늘은 한 블록 건너 공원에까지 나섰다.
지친 기색도 없이 땅바닥을 탐색한다. 울타리에 심긴 나무
들 사이로 머리를 들이밀더니 잔가지에 찔렸는지 화들짝
물러선다. 입술과 턱 주변에 흙 알갱이를 묻히고 재채기한
다. 손수건을 꺼내는 사이 개는 금세 고개를 수그리고 멀어

진다. 희끄무레한 털이 빛을 받아 반짝인다. 이만큼 걸을
수 있는 것이 다행이고 감사하다.

강아지의 꼬리는 사람을 향해 흔들린다. 어떻게 그렇게
한결같은 사랑을 보내올 수 있을까. 바라보면 뭉클하고 경
이로운 마음.

이름을 부르면 개가 돌아본다. 내 쪽으로 걸어온다. 원하
는 것을 표현한다. 개 발바닥에 붙은 나뭇잎을 떼주며 나는
봄을 안다. 시간이 흐르면 어떨까. 더 나이든 짱이를 상상
하는 게 아직은 어렵다. 함께하는 이 순간이 닳는 게 아깝
다. 짱이 그림을 낙서하듯 남겨본다. 사진에는 담기지 않는
우리 개의 사랑스러움을, 글에는 담기 힘든 복잡한 마음을
그림에 옮겨본다.

5월 8일 ─ 에세이

이거 먹고 마저 울어

나는 두 개의 생년월일을 가졌다. 첫번째 생년월일은 1987년 12월 30일. 엄마의 몸 안에서 세상 밖으로 밀려나와 울음을 터뜨린 날이다. 달수를 채우지 않고 여덟 달 만에 태어난 아기는 평균 몸무게 3.3킬로그램의 절반 정도 무게였다. 의사는 한 달을 넘기기 어려울 거라고 말했다.

두번째 생년월일은 1988년 2월 7일. 출생신고를 한 날이다. 그때까지 아기는 신생아 중환자실 인큐베이터에 있었다. 태아의 여러 장기는 임신 마지막 몇 주 동안 완성 단계에 들어가는데, 그중 폐는 가장 늦게 성숙하는 장기 중 하나라고 한다. 아기의 폐가 제 기능을 하기까지 시간이 걸렸지만 몸무게가 조금씩 느는 걸 보면서 아기의 엄마는 희망을 얻었다.

내가 조금 더 자라 할머니 댁에 갔을 때 일이다. 마을 입구 평상에 앉은 할머니들이 나를 보며 말했다. 네가 순자 딸이냐, 유리병 속에 들어 있던 그애구나. 나는 그 말을 들을 때마다 델몬트 유리병 안에 담긴 갓난아기를 떠올렸다. 옛날 냉장고에 하나씩 들어 있던 두툼하고 묵직한 유리병 안에서 오렌지주스를 홀짝이는 아기. 할머니들이 말한 '유리병'이 인큐베이터를 가리킨다는 걸 나는 한참 뒤에야 알았다. 어른이 되어서도 가끔 상상했다. 전라남도 여수시 묘도 온동에서 허리가 굽은 할머니들이 버스를 타고 배를 타고 섬을 빠져나와 육지를 밟는 것을, 다시 버스를 타고 기차를 타고 구불구불한 산길을 돌아 낯선 도시의 병원에 도착하는 것을. 거기서 나에게 말하겠지. 너구나, 유리병 속 그애.

엄마에게는 두 개의 이름이 있다. 순자와 나현. 순자는 나현으로 불리기를 원하여 어느 날 딸들에게 알렸다. 이제부터 나는 순자가 아니고 나현이므로 새 이름을 부르라고. 세

련된 이름이기는 한데 딸들은 엄마를 엄마라고 부르지 않나. 그래도 나현이 그러길 원하였으므로 휴대폰에 엄마를 나현으로 저장했다. 택배 부칠 일이 생기면 수취인에 나현이라고 적었다.

나현은 모 예술대학교 앞에서 김밥집을 한다. 같은 자리에서 십 년째 문을 닫지 않고 가게를 운영한다는 게 얼마나 어렵고 대단한 일인지 모른다. 임대료, 인건비, 재료비가 치솟아 최근 나현은 폐업을 고민한다. 그러면서도 때마다 새로운 반찬을 연구해 내놓는 건 포기하지 않는다. 분식집이니 반찬 가짓수를 줄여도 될 것 같다고 내가 말하면 나현은 돈 아끼려다가 동네 인심 다 잃는다고 말한다. 배고픈 대학생, 공부하는 고시생, 하루에 한끼 겨우 챙겨먹는 주변 상인들이 오는 곳이니 잘 챙겨주고 싶다고. 쌀, 김치, 야채 등 식재료를 국산으로만 들이는 것도 오랫동안 지켜온 나현만의 방식이다.

한때 나는 김밥 싸기 달인이었다. 대학 다닐 때 주말마다 김밥집 홀서빙을 도왔다. 나현이 김이 펄펄 나는 흰밥에 소금, 깨, 참기름을 넣고 고루 섞이게 비빈다. 그사이 나는 김을 턴다. 김밥용 김 봉지를 뜯어 김 백 장을 꺼낸다. 흩어지지 않게 한 손으로 단단히 잡고 다른 한 손으로 김을 펄럭이며 턴다. 책장을 넘기는 것처럼 김을 휘리릭 넘길 때마다 자잘한 김가루가 날린다. 다 되었으면 양념된 밥을 한 주먹 쥐어 김 위에 얇게 깐다. 단무지, 달걀, 햄, 당근, 부추를 올린다. 내가 만들기 좋아하는 김밥은 사과외 양배추가 디해진 샐러드김밥인데 그 맛을 아는 손님이 드물었다. 참치김밥, 치즈김밥, 돈까스김밥 순으로 인기가 좋았다. 김밥을 쌀 때는 내 손이 나현 손만큼 아주 빨라졌다.

나현은 오랫동안 음식 장사를 해왔다. 한여름에도 피할 수 없는 불과 기름, 무거운 팬과 냄비, 한겨울에도 장화 속으로 들이치는 물, 조리 전 식재료 손질과 발주, 임대료와 인건비 정산, 예측하지 못하는 돌발상황까지. 철없는 내 눈에도 식당 일은 몹시 고되어 보였다. 그럼에도 나현은 사람들이 음식을 맛있게 먹어주면 그만한 기쁨이 없다고 말했다. 먹는 사람의 얼굴을 떠올리며 음식을 만드는 일이 나현의 기쁨이고 자부심이다.

밥은 먹었냐. 아직도 안 먹었냐. 빵은 밥이 아니야. 나현이 내게 자주 하는 말이다. 가끔 무얼 먹고 싶다고 말하면 나현은 반찬을 한가득 만들어서 가져온다. 그리고 속상해한다. 장사하느라 남 먹을 것은 맨날 만드는데 우리 딸들 먹을 것은 어쩌다 한번 만든다고.

오래전 일이지만 연관해서 떠오르는 기억이 있다. 어린이책 출판사에서 『변두리』를 편집하면서 유은실 작가의 작업실을 찾았다. 『변두리』는 1985년 서울 변두리 동네 황룡동 사람들의 이야기를 담은 청소년소설이다. 황룡동 사람들은 도살장과 부산물 시장을 중심으로 먹고산다. 이들은 시장에서 얻은 시래기와 내장을 넣고 선짓국을 끓이고, 유통기한이 지난 빵을 쪄내 아이들을 먹여 키우고, 꿀차를 팔아 자식을 기른다. 가난하고 힘든 상황 속에서도 절망하기보다는 서로를 북돋아 삶을 살아내는 인물들과, 끝내 기도하는 마음으로 이야기를 바라보게 만드는 힘센 문장이 마음에 오래 남는 작품이다. 원고를 놓고 이런저런 말을 잇다가 나는 잊고 있던 어린 시절 기억을 꺼내게 됐다. 가스비를

못 내 버너에 목욕물을 데워 쓰던 형편이었는데도 엄마가
마치 마법사처럼 갖가지 음식을 해주었다는 이야기. 그 말
에 작가는 따뜻한 온기를 실어 한마디 얹어주었다. 지은씨,
그때 먹은 음식이 어머니의 사랑이었네요.

　시간이 지나서도 그 말이 이따금 생각났다. 내가 받은 사
랑이 형체 없는 감정이 아니라 손에 잡히는 너무니 구체적
이고 실재적인 것이었음을 알려주는 말이라서일까. 어릴
때를 떠올리면 괴로운 기억이 많지만 엄마가 밥을 짓는 시
간에 달라붙어 있던 때는 포근하고 유쾌했다. 돌게로 만든
양념게장, 서대구이와 매운탕, 매콤짭잘한 갈치조림, 새조
개, 갓김치와 열무김치, 도다리쑥국, 시금치무침과 두붓국.
나중에 중학생이 되어 서울로 이사왔을 때 여수에서 매일
같이 먹던 음식들이 참 그리워졌다. 서울 애들은 콩국수와
팥죽에 설탕 대신 소금을 넣어 먹었다. 내가 붕장어 회를 좋
아한다고 말하면 눈이 동그래졌다.

　내 몸은 나현의 사랑을 먹고 자랐다. 살면서 무릎이 꺾일
때 그 사실을 떠올리면 위안이 된다. 나현은 먹을 것으로 사

랑을 전한다. 작고 말랐던 내가 이렇게 컸는데. 글 쓸 때는
뭘 먹는 게 도움이 되지 않는다고 말해도 나현은 말한다. 먹
고 해, 먹고. 짱이를 보내기 전에도 나현은 죽을 끓여왔다.
이거 먹고 마저 울어.

나현을 안으면 김밥 냄새가 난다. 고소하고 짭조름한 삶
의 냄새. 내가 가진 힘을 다 쓴 것 같아 서러울 때도, 바닥
난 마음을 무엇으로 채울 수 있을지 배고파할 때도 나현은
나를 먹이고 기른다. 지은아, 있는 힘껏 일해야지. 죽을힘
을 다해 살아야지. 네게 일어나는 모든 일은 전부 살아내기
위한 일이야.

어른들은 어디서부터 그런 힘을 얻는 걸까. 삶을 전력으
로 달려나가는 성숙하고 강건한 힘을.

냉장고에는 나현이 가져다준 김치와 생선이 들어 있다.
그걸 꺼내 먹고 오늘 나는 또 얼마만큼 자랐나. 나현이 만드
는 음식처럼 나도 건강한 맛이 나는 글 한 편 쓸 수 있게 되
면 좋겠다. 대단한 진수성찬은 아니더라도 서러움과 배고

품을 가시게 하는 김밥 한 줄 같은. 꽉 채운 속이 흩어지지

않게 끝을 단단히 말아 읽는 사람의 한입에 쏙 들어가는.

5월 9일 — 에세이

흐드러진 장미 앞에서

새 의자를 들였다. 등받이부터 좌판, 네 개의 다리까지 모두 새하얀 의자를. 아무래도 흰색 의자에는 쉽게 때가 묻을 테지만 나는 그 새하얌이 마음에 든다. 하얀 의자가 아이들로 하여금 얼룩지는 것이, 흰 종이가 글과 그림으로 원근을 갖게 되는 것이 흡족하다.

하얀 것을 더럽히는 것. 그건 원래 내가 어려워하는 일이다. 흰 눈에 발자국 찍기. 흰 벽에 흔적 남기기. 흰 종이에 말 적기. 그 모든 게 나에게는 되돌릴 수 없는 일을 저지르는 것처럼 느껴졌다. 새로 산 다이어리에 뭔가를 적었다가 망칠까봐 아무것도 쓰지 않은 채 3월을 맞이한 적이 있다.

학창 시절에는 필기하다가 실수가 생기면 그 부분만 지워 사용하는 게 아니라 다음 장에 새로 썼다. 망친 페이지를 티가 안 나게 찢어내려고 애쓰다가 결국 새 노트를 사서 필기를 옮긴 적도 있다. 교복 셔츠가 오염될까봐 다른 옷을 겹쳐 입고 뭐라도 묻었는지 수시로 살폈다. 흰밥에 반찬 양념이 묻으면 그건 그것대로 보기 싫어서 젓가락이 닿지 않게 조심했다.

말이라고 다르지 않았다. 말소리가 저 사람의 하얀 귓바퀴를 타고 흘러들어가 머릿속 기억 저장고에 들어가면 나는 회수할 수 없다. 그것이 아무리 좋은 말이라고 해도.

나의 그런 면이 깔끔 떠는 일 정도라면 괜찮지만 문제는 스스로를 지나치게 움츠러들게 했다. 새로운 시도를 방해하고, 변화를 받아들이는 데 많은 시간과 에너지를 쏟게 만들었다. 결정적으로 글을 쓸 수 없었다. 흰 눈은 흰 눈일 때, 흰 벽은 흰 벽일 때가 내 눈에 가장 예쁘고 완벽한데. 흰 종이도 흰 종이로 두면 안 될까. 하얀 바탕에 까만 글씨로 한두 줄 적히는 순간, 내 안의 엄격한 검열관이 나타나 말했다. 지금 네가 쓴 그 문장, 과연 정확한가. 정직한가. 순결한가. 틀린 문장은 쓰지 말 것. 애매한 문장은 내놓지 말 것. 마음을 제대로 설명하지 못한다면 차라리 침묵할 것.

아무 말도 할 수 없고 아무 말도 하기 싫다는 느낌. 어느 날부턴가 눈덩이처럼 불어난 무력감과 좌절감에 짓눌려 옴짝달싹할 수가 없었다. 상담 선생님은 노트를 쓰다가 실수하면 다음 장으로 넘겨 쓰는 것부터 해보자고 했다. 절대 찢지 말기로 약속했다. 그런데 그 말을 나누는 것만으로도 손에 땀이 났다. 나는 괴로워져 머리를 쥐어뜯는 시늉을 해 보였다. 결국 망친 페이지를 찢지 않는 대신 앞 페이지와 망친 페이지를 풀로 붙여 내 눈에 보이지 않게 만드는 방법으로 작은 안심을 얻었다.

*

그런 내가 어떻게 시를 쓰는 사람이 되어 있을까. 대학에서 김행숙 시인의 수업을 들으면서 처음으로 내 마음을 꺼내놓아도 안전하다는 경험을 한 것 같다. 그와 시를 읽고 쓰고 이야기하는 동안에는 아무리 작고 사소한 느낌도 함부로 대해지지 않았다. 시인이, 그리고 시가 나를 이해하고 보호해준다는 느낌이 들었다. 시는 불안과 두려움에 떨면서 말하는 게 아니라 본래 내가 가지고 있는 감정과 생각을 또렷하게 말할 수 있도록 해주었다. 그리고 내 안의 상처와 균열을 피하지 않고 들여다보도록, 현실에 그저 순응하는 것이 아니라 반항하고 저항하도록 도와주었다. 시가 아니라면 침묵 속에 살기를 선택했을지 모른다.

나는 학교 졸업 후에 시 합평 모임에 들어갔다. 등단을 준비하던 또래들이 모인 곳이었다. 잡지 투고를 여러 번 거치며 최종심에 오른 사람, 이미 등단해 활동을 시작한 사람도 섞여 있었기 때문에 시쓰기에 매우 진지하고 열띤 분위기였다. 국문학을 전공하고 학교 교사가 되기를 바랐던, 다만 지금이 아니면 시를 배울 기회가 없을 것 같아 모임에 발을 들였던 나는 몇 개월 동안 그들과 함께하면서 조금씩 작품을 썼다. 당연하게도 좋은 평을 듣지 못했다. 누구누구의 아류 시 같다는 말, 시라고 보기 어려운 단상 수준에 머무른다는 말을 들었다. 별 욕심이 없던 나이지만 자존심이 상했다. 단 한 편이라도 좋은 작품을 써보고 싶어졌다. 문학에 대한 순수한 열망이든 잡지 투고와 등단이라는 목표 의식이든 자신이 중요하게 여기는 것에 열렬히 매진하는 사람들이 멋져 보였다. 제목이 기억나진 않지만 어느 날 꿈속 장면을 시로 써서 가져간 적이 있다. 매주 합평을 지도해주시는 선생님이 달랐는데 그날은 김언 시인이 시를 봐주었다. 돌아가면서 학생들이 의견을 말하고 마지막에 시인이 내게 질문했다. 왜 이 시를 쓰게 되었는지, 꿈을 꾸었다면 어떤 꿈이었는지, 그리고 그렇게 잔혹하고 아픈 꿈속을 다녀놓고 왜 시는 예쁘게만 말하였는지 물었다. 시인의 질문에 어설픈 답만 하다가 합평이 끝났다. 나는 스스로 납득할 만한 답을 내놓지 못했다는 생각과 내가 시로 돌파해야 할 문제가 바로 이것이라는 깨달음이 동시에 들었다. 무엇을 말해야 하는지 알지 못했다기보다, 시에서 무엇을 끝까지 말하지 않았는지 스스로 직면하지 못했다는 것을 그때 알았다. 나는 무엇을, 왜 말하고 싶었을까. 그리고 왜 내가 느낀 고통을 끝까지 따라가지 않고 시를 안전하게 맺었을까. 나 자신이 견딜 수 있을 만큼만 말하려고 한 것이든 남에게 내보이지 않고 감추려 한 것이든 그렇게 덜 간 문장으로는 시가 되지 못한다. 앞으로 어떤 장면을 말한다면 그 장면 바깥이 아니라 그 안에 서 있어야 한다는 것, 언어로만이 아니라 온몸으로 그 장면을 통과해야 한다는 것을 모르지 않게 되었다.

합평 모임에 나간 지 일 년 정도 되었을 무렵 「넝쿨장미」를 썼다. 화창하기 그지없는 봄의 정오, 낡은 담벼락을 타고 검붉은 장미가 어지럽게 핀 것을 보고 쓰게 됐다. 장미를 보면서 내가 가족 이야기에 닿게 될 줄은 시를 쓰기 전까지는 알지 못했다. 늦봄에 흐드러진 장미를 보는 건 그다지 새로울 게 없는 일이 아닌가. 단지 그 무렵의 나는 화단 앞에 서기만 해도 심한 현기증이 났다. 좁은 화단에서 몸을 얽히며 자라는 것들이 금방이라도 자리를 박차고 뛰쳐나올 것처럼 보였다. 안에서 밖으로 가지를 뻗치는 나무와 폭주하는 풀숲, 울타리를 휘감아오르는 가시넝쿨이 나를 덮쳐 갈가리 찢어놓을 듯이 느껴졌다. 5월의 생명력. 5월의 발버둥. 그 앞에 서면 식은땀이 났다. 목구멍에서 쓴물이 넘어왔다. 도대체 무엇 때문에 나는 이토록 고통을 느끼는가. 그 질문에 훼손 없이 답하기 위해 나는 시로 말할 수밖에 없었다.

완성한 시를 김행숙 시인이 읽어주었다. 이건 네 시야, 지금까지 쓴 글들과 다르게 느껴져, 라는 말을 들었다. 하지만 나는 투고를 망설였다. 그런 나를 답답하고도 안쓰럽게 여긴 친구가 내 원고를 대신 봉투에 넣어 신인상 공모에 보내주었다. 그렇게 처음으로 투고한 「넝쿨장미」가 등단작이 되었다. 주변 사람들에게서 축하한다는 인사를 받으면서도 어쩐지 내 일이 아닌 것 같았다. 준비가 덜 된 채 세상으로 불려나온 듯한 기분이 들었다. 가족 얼굴이 어른거렸다.

*

글을 쓰려고 할 때 불안이 심해졌다. 처음에는 숨쉬기가 살짝 갑갑하게 느껴지는 정도였다가 나중에는 초조함이 몰려와 몸이 굳기까지 했다. 그러다가 결국 바보가 된 것처럼 할말을 잃어버렸다. 사실 글을 쓸 때면 누구든지 으레 스트레스를 받는다. 그래서 느껴지는 긴장과 불편감을 깡그리 무시했다. 시도와 좌절이 반복됐다. 컴퓨터 화면을 보며 타이핑하기보다는 종이에 직접 손으로 쓰는 게 긴장이 덜한 것 같아서 한동안은 모든 시를 수기로 썼다. 데뷔 직후에는 지금보다 정도가 심해서 마음에 드는 문장이 써질 때까지 새 종이로 갈아치우기를 반복했다. 다른 글보다 시를 쓸 때 강박적으로 느리거나 지나치게 꼼꼼하게 굴면서 문장을 썼다. 완벽주의 성향 때문인지도 몰랐다. 단어를 고를 때 쉽게 결정하지 못하는 것도, 작업을 끝까지 완수하지 못하는 것도. 회피와 합리화를 하면서 결국 원고 마감을 미루거나 어긴 적도 여러 번이었다. 나 자신의 무책임함에 더 큰 불안과 죄책감에 휩싸였다. 동시에 마음속으로는 불완전한 원고를 낼 바에야 아예 글을 싣지 않고 싶다는 생각도 했다. 수렁에 빠진 것처럼 점점 더 글쓰기에 자신감을 잃고 무기력해졌다. 이번에도 글쓰기를 마치지 못할 거야. 더는 못 해. 다 망쳤어. 이렇게 글을 쓸 때 쩔쩔매고 안절부절하는 내가 시인으로 불리다니. 사람들에게 머릿속에 '작가'나 '시인'을 떠올려보라고 하면 어떤 모습일까. 늘 영감에 목말라하고 열띠게 자신을 표현할 줄 아는 사람이야말로 작가가 아닌가. 나처럼 말하기를 주저하고 부끄러워하고 전전긍긍하는 사람은 좀처럼 어울리지 않는다. 글을 쓸 때 빠지게 되는 불안과 혼란을 주변에 물어봐도 비슷한 경험을 가진 사람이 없었다. 이야기할수록 이건 나의 지나친 조심성이나 겁먹음, 어쩌면 게으름이나 무능력일 가능성이 높았다. 온

세상의 작가와 편집자와 비평가와 독자들이 나를 흉볼 것 같았다. 공황 상태에 빠져 글쓰기 외의 일상에서까지 허둥대는 등 악순환이 이어졌다.

그런데 정말로 내가 느낀 불안은 터무니없는 것일까. 시를 쓰려고 하면 배가 아프고 숨이 안 쉬어지는 거. 온몸이 부들부들 떨리는 거. 출구 없는 건물에 갇히는 꿈, 쫓기는 꿈, 죽이거나 죽임을 당하는 꿈을 반복해서 꾸는 거. 어떤 사람은 새를 끔찍하게 무서워한다. 다른 사람들은 그가 느끼는 공포를 잘 이해하지 못한다. 뱀을 무서워한다고 하면 비교적 공감을 얻을 수 있겠지만. 아무튼 남들에게 이해받지 못해도 새를 무서워하는 사람은 새가 무섭다. 갑자기 날아오르는 거, 퍼덕이는 거, 눈을 마주치는 거. 새에 대한 공포는 어디에서 왔을까. 어린 시절에 새에게 둘러싸인 적이 있을까. 얼굴 가까이로 새가 날아든 적이 있을까. 놀라서 뒤로 나자빠지면서 울었을까.

나는 나의 불안을 이해하고 싶어서 울었다. 그리고 그것이 트라우마와 결부된 일이라는 것을 아주 나중에 알았다.

불안은 다양한 양상과 강도로 나타나는데 나의 경우에는 아버지의 행동과 말에 영향을 받고 있었다. 내 몸은 덜 말할수록 덜 다친다는 것을 이미 알고 있었다. 말하기, 그 자체가 나에게는 피로였다. 그렇지만 나는 내가 느끼는 감정에 이름을 붙이고 언어로 표현하면서 살기를 희망했다. 아버지와 따로 산 지도 십여 년이 넘었다. 나는 컸고 아버지는 늙었다. 아버지가 내 집 문을 부수고 들어온대도 이제 나는 나를 지키고 방어할 수 있다. 그런데도 나는, 내 몸은 여전히 두려움 속에 있었다. 어린 시절에 그랬듯이 아버지로부터 감정적으로는 벗어나지 못하고 있었다. 그것은 아버지가 나에게 심긴 기대와 죄책감, 감시와 협박 표현 때문이었다. 아버지는 불쑥 전화를 걸어 이런 말들을 했다. "시에 아버지 이야기 쓰지 마라." "나는 너를 한 대도 때리지 않고 키웠다. 너만큼은 때린 적이 없다." "요즘 시를 통 안 쓰는 거냐. 인터넷에 검색해도 새로 쓴 시가 안 보이더라." "네가 잘못 알고 있는 게 있다. 「도움닫기」라는 시에 우리 살던 집을 101동 101호라고 썼던데, 101호가 아니라 110호다." 그리고 술에 취해 소리를 질렀다. "네 등단작에 대해 한마디씩 쓴 놈들, 다 찾아났다. 개새끼들이 우리 가족의 역사에 대해 뭘 안다고."

*

아버지를 사랑하려는 노력, 아버지의 기대에 부응하려고 애쓴 날들 속에서 나는 밤낮으로 아버지 생각을 떨치지 못했다. 과거에 쫓겨다녔다. 뒷덜미를 붙든 손이 나를 놔주지 않고 현재와 미래로 나아갈 수 없게 했다.

아무리 애써도 시가 잘 되지 않던 날들을 떠올린다. 해결되지 않은 슬픔이 목구멍을 막을 때, 누그러지지 않는 아픔이 나를 덮칠 때마다 나는 오래 두고 생각했다. 나를 괴롭히는 기억과 감정—아버지가 어머니에게 했던 잔인한 행동, 언젠가는 아버지가 변할 것이라는 환상, 연민과 죄책감, 불안과 두려움, 사랑받고 싶은 갈망, 결핍과 고립감 같은 것—을 뒤쫓았다. 우리 가족에 대한 나의 감정이 어디에서 비롯됐는지, 아버지로 인해 겪은 일들이 나의 삶에 어떤 영향을 주었는지, 상처입은 몸과 마음이 제 목소리를 되찾으려면 무엇이 필요한지를 알아갔다. 어린 나는 몰랐지만 지금의 내가 끝내 알아야 하는 진실이라고 여겼기 때문이다. 때로

나 자신을 책망하기도 하였지만 그러한 과정을 밟아나가야한다는 것을 잘 알고 있었다. 지난한 시간 뒤에 나는 비로소문장을 만질 수 있게 됐다. 첫 시집을 내게 됐다.

나는 나를 고통 속에 빠뜨린 아버지를 어떻게 원망하면서 사랑하는가. 지금도 아버지에 대해 상반된 감정을 느낀다. 우리집 여자들을 때린 것에 대한 분노, 내가 잘못하지않았다면 아버지가 다르게 행동했을 거라는 부정, 아버지몸이 쇠약해지면서 느끼게 된 동정심, 나를 세상에 살게 해준 데에 대한 고마움, 아버지가 달라져서 진정으로 사과할거라는 기대, 시처럼 살라고 말해주기도 하는 순간에 느끼는 동질감, 아버지를 용서하지 않으면 나쁜 사람이라는 죄의식 같은 것. 사랑(이라고 믿은 것) 안에 든 이 모든 감정은병든 애착일 뿐이라는 것을 조금 더 빨리 알았더라면 어땠을까.

흐드러진 장미 앞에서 다른 풍경을 떠올리는 건 언제쯤가능해질까. 살아남고 싶었던 어린 나는, 내 안에서 여전히불안과 두려움을 감당하는 중인 작은 나는, 지금의 큰 나를 위해 새로운 결단을 내릴 수 있다.

위해 새로운 결단을 내릴 수 있다.

5
월
10
일
—
그
림
일
기

그다음 강아지가 할 일은

—2019년 봄

우리 가족이 넷이 살던 때였다. 아빠가 이웃집에서 아기 시츄를 데려왔다. 기뻐하는 동생과 걱정하는 엄마 사이에서 나는 울고 싶었다. 얜 어디서 왔을까, 언제 또 가버릴까. 짱이는 아빠한테 꿀밤 맞기도 했고 동생 품에 안겨 가출도 했다. 열린 대문으로 혼자 달려나가서 영영 헤어질 뻔도 했다. 이젠 전부 옛날 일.

짱이가 하루를 잘 보내면 나도 좋다. 잘 먹고 잘 놀고 잘 자기. 그걸로 강아지는 할일을 다한 것이다.

*

눈에 가득 담기. 늙어가는 개와 나의 일과.

*

짱이를 무릎에 앉히고 오늘 할일을 한다. 바깥은 따뜻한데 오한이 들어 어깨가 저절로 움츠러든다. 덜 아플 때 일을 해둬야 하나. 더 아프기 전에 쉬어야 하나.

바쁜 일을 미뤄두고 짱이와 동네를 휘휘 돈다. 짱이가 평평한 얼굴을 땅에 대고 큼큼댄다. 들어올린 꼬리가 나풀거린다. 등허리가 성성하다. 다리에 힘이 빠지는지 이따금 주저앉는다. 동네를 돈다고 말하였지만 걸음 속도가 매우 느려서 지나가는 사람에게는 개와 사람이 한자리에 오래 서 있을 뿐인 지루한 풍경이겠다. 노상에 종이를 깔고 쉬던 할머니가 느린 산책을 하는 우리를 주시하더니 한마디 던진다. 새것으로 바꿔야겠네.

시츄는 고질적으로 눈이 좋지 않다. 커다란 눈이 귀여운 인상을 주지만 안구가 튀어나와 있어 각막에 상처를 입기 쉽고, 눈이 잘 빠지기도 한다. 짱이는 일찍부터 녹내장을 앓았다. 눈이 거의 보이지 않는다. 의자나 벽에 머리를 찧고 작은 소리나 손길에 깜짝 놀란다. 그럼에도 산책길에서 짱이는 씩씩하다. "조심해" 하면 멈추고 "가자" 하면 다시 귀를 팔락이며 걷는다.

짱이가 있어 나는 이 동네 골목을 빠짐없이 누볐고 모르는 사람과 편하게 인사를 텄다. 우리끼리 쉬어가는 의자가 있고 우리끼리 놀러가는 카페가 있다. 고장나거나 닳거나 잃어버리면 값을 치르고 다음 것을 얻으면 되는, 그런 것일 리가 없다. 작고 희고 보드라운 이 아이가 나와 오래오래 함께일 거라고 누가 말해줬으면. 새것으로 바꾸라는 저 말을 몽땅 덮어버렸으면.

5
월
11
일
—
에
세
이

어느 날 슬픔이 알려주는 것은

이따금 자유 독서 시간을 갖는다. 주어진 시간 동안 무엇을 읽을지는 순전히 아이들 선택에 따른다. 손 잘 닿는 곳에 진열해둔 신간은 생각보다 인기를 끌지 못한다. 아이들은 자신이 원하는 것을 잘 안다. 제목부터 웃긴 책, 귀여운 책, 건방진 책, 아는 작가의 책, 친구가 재미있다고 말한 책, 여러 번 읽어서 내용을 외우고 있는 책, 아직 아무도 읽지 않은 책, 구석에 꽂힌 책…… 책 고르는 기준과 취향이 저마다 분명하다.

아윤은 끌리는 책이 없다고 말한다. 며칠 전 반려도마뱀을 떠나보낸 뒤 마음에 슬픔과 그리움이 가득차서 뭔가를 즐길 만하지가 못하다.

거실 한쪽 벽을 따라 책장 세 개가 서 있다. 책장을 가장 많이 차지하는 건 그림책, 그다음은 동시집과 동화책이다. 아윤이 책장 끝에서부터 끝까지 시간을 들여 훑는다. 까치발을 한다. 마음에 드는 책이 여간 없는가보다. 다른 아이들은 이미 자기가 고른 책 속에 빠져 있다. 나는 작은 발판을 끌어다 아윤 옆에 놓아둔다. 아윤은 입 모양으로 고맙다는 표시를 하고 발판을 밟아 꼭대기 칸을 구경한다. 아이들 키보다 높은 칸에는 내가 보는 인문서, 화집과 도록, 건축책들이 있다. 철 지난 계간지나 비평집도 조금 있다.

아윤에게 필요한 건 책도 발판도 아닌 걸까. 그냥 혼자 있을 시간이 필요한지도 모르겠다. 이 책 저 책 뒤적이는 중인 아윤에게 천천히 봐도 된다는 사인을 주었다.

한참 후 아윤은 뜻밖의 책을 골라 자리로 돌아왔다. 『슬픔의 위안』은 사랑하는 누군가의 죽음으로 느끼는 고통과 슬픔, 애도의 과정을 면밀히 이야기하는 책이다. 우리는 표지를 본다. 검은 바탕에 손 하나가 보인다. 작고 하얀 물체를 쥐고 있다. 처음에는 손안에 든 게 흰 새인 줄 알았다고, 다시 보니 점토로 뭘 만드는 중 같다고 아윤이 말한다.

쌤, 위안이 뭐예요?
위로를 주고 마음을 편안하게 하는 거. 친구처럼.
아아, 우리 쿠키처럼.

쿠키는 별안간 죽었다. 아윤은 자신이 잘 돌보지 못해 쿠키가 떠난 거 같다고, 제대로 이별 인사를 하지 못한 것을 무척이나 슬퍼했다. 다른 친구들이 옆에서 아윤을 위로했다. 쿠키는 정말 예쁜 도마뱀이었어. 네가 얼마나 쿠키한테 잘해줬는지 난 알아. 지금도 쿠키는 네 이야기를 듣고 있을 거야. 아윤은 티슈 한 장을 가느다랗게 찢어 조각낼 뿐 말이 없었다.

슬픔에 잠긴 사람에게 독서는 위안이 될까. 『슬픔의 위안』에 따르면, 상실을 경험한 이들이 독서, 특히 슬픔에 관한 책에 열중하는 까닭은 책이 주는 큰 위로 때문이기도 하지만 자신의 고통을 똑바로 응시하기 위함이기도 하다. "책 읽기를 통해 고통의 심장으로 들어간다."

몇 년 전 사서교사로 일하는 친구가 그림책 추천을 부탁했다. 가까운 지인의 아이가 죽음에 대해 자주 묻는다면서, 실은 부모님 중 한 분이 지병으로 돌아가신 후부터 그런다고 했다. 아이가 느낄 혼란과 슬픔이 전해지는 듯했다. 일곱 살부터 초등학교 저학년까지의 아이들은 죽음을 이해하지만 받아들이기는 어렵다고 한다. 친구가 말한 아이는 여섯 살이라고 하니 아직은 죽음이 '잠든 것' 혹은 '멀리 떠난 것'과 같을 것이다. 죽음이 누구에게나 오는 일, 돌이킬 수 없는 일이라는 것을 어떻게 말할까. 죽음 앞에서 느끼는 두려움과 슬픔은 자연스러운 일이라는 것을 어떻게 말할까. 죽음 이후에도 사랑하는 사람을 기억하고 떠올린다면 영원한 이별은 아니라는 것을 어떻게 말할까. 부모의 죽음을 받아들이는 일은 어른에게도 어려운 일이다. 삶을 책으로 이해하는 데 익숙한 친구와 나는 이별, 죽음, 상실, 애도에 관한 그림책을 모으는 것부터 시작했다. 예기치 못한 이별로 힘들어하는 아이의 이야기를 잘 듣고 애도의 과정을 함께하기 위해.

그때 산 책들, 이후에도 꾸준히 눈여겨보며 모은 책들이 책장을 채우고 있다. 『곰과 작은 새』의 곰은 사랑하는 친구 작은 새의 죽음으로 슬픔에 빠진다. 그 아픔과 상실감을 천천히 받아들이는 과정을 보여준다. 『오래 슬퍼하지 마』에서 죽음은 검은 망토를 길게 두른 사람으로 등장한다. 아픈 할머니를 데려가지 못하게 시간을 끌며 애쓰는 아이들에게 따뜻한 눈빛으로 삶에 대한 옛이야기를 들려준다. 『작은 죽음이 찾아왔어요』에서 죽음은 작은 아이의 모습으로 사람들을 찾아다닌다. 오래 아팠던 엘스와이즈는 작은 죽음과 함께 웃음을 터뜨리며 놀다가 죽은 이들의 왕국으로 떠난다. 『큰 고양이 작은 고양이』는 한집에 살면서 작별과 만남을 겪는 고양이들 모습을 보여준다. 작가가 반려동물을 떠나보내고 힘들어하는 딸을 위해 만든 작품이다. 『사라지는 것들』은 세상의 모든 것은 변하고 사라지지만 사랑하는 마음만은 변함없다는 것을 이야기한다.

아윤은 『슬픔의 위안』을 잠자코 읽는 중이다. 몇 장 들썩이다 마는 게 아니라 진지한 눈빛을 하고서. 책의 부제처럼 '어느 날 찾아온 슬픔을 가만히 응시하게 되기까지'는 시간이 걸리겠지. 나는 아윤이 책에서 빠져나오기를 잠깐 기다린다. 이리로 건너와 아윤에게 요긴하게 읽힐 그림책들을 봐주었으면 한다. 그리고 부드럽게 알게 되기를 바란다. 사랑하는 존재가 떠났더라도 함께한 소중한 기억과 사랑은 사라지지 않고 여기 남아 있다는 것을. 슬퍼하는 마음은 그대로 두어도 된다. 슬픔은 천천히 잦아들고 자기 자리를 찾아갈 테니.

5월 12일 ─시

월

우리가 마음을 말할 때

물에 떠 있는 새들이 무리를 지어 덤불 부근으로 움
직일 때

질척이는 진흙 바닥에 애벌레와 지렁이가 몸을 숨
길 때

부모와 아기 새가 부리로 깃털을 빗어 기름을 바를 때

얼룩덜룩한 깃털이 저녁빛에 잠겨들어 눈에 띄지
않게 될 때

우리를 향해 윙크하는 오리 한 마리를 당신이 가리
킬 때

마음에 잔잔한 물결이 일어 우리는

자기가 간직한 첫 기억을 꺼내 들려준다*

동생이 태어난 날 이모 등에 업혀 낮잠을 잔 날

굴뚝 옆 공터에서 흙밥을 지어 놀이한 날

상여가 놓인 마당에서 자갈을 가지고 논 날

너무 어려 이마에 링거 주사를 맞은 날

징검다리를 건너다 물에 빠져 허우적거린 날

페치카에 장작을 넣고 불을 피운 날

아빠가 지은 새집에서 가족사진을 처음 찍은 날

그 모든 날이 우리의 마음에 깃들어 쉴 때

당신은 오리 한 마리를 지나

어둠을 지나 이 산책을 계속하기로 한다

가로등에 불이 들어오는 순간에도 작은 감탄을 뱉

으면서

* 지난가을 서울 은평구 신사동에서 지역 주민들과 글쓰기 모임을 가졌다. 아드리
앤 파를랑주의 그림책 『봄은 또 오고』(이경혜 옮김, 봄볕, 2024)를 감상한 후 일곱
명의 참여자가 들려준 인생의 첫 기억을 이 시에 담았다.

5월 13일 ― 동시

꽉 쥔 주먹 안에는

—안율에게

꽉 쥔 주먹 안에는

무엇이 들어 있을까?

보드랍고 기운 센

갓난아기의 손가락

가만가만 열어보면

첫 겨울이 오고

수십 번 겨울을 지낸

시인의 시린 손등

톡톡 건드려보면

한 뼘짜리 시가 난다

힘주어 쥔

너의 주먹 안에는

무엇이 들어찼을까?

마른땅을 견디는 구근처럼 생겨서는

불을 켠 듯이 환한

튤립 한 송이 밀어올릴 모양이다

5
월
14
일
—
그
림
일
기

일희일비

—2019년 봄

발행일 2019년 5월 21일 20:19:43

보호자 남지은

다음예약 2019년 5월 28일

세부내역

진료비 5,500원

사이토포인트 65,000원

귀 검이경 검사 5,000원

이비인후과처치 귀 세정 11,000원

귀 검사 11,000원

세균배양 100,000원

내복약 30,800원

아시코나정 1,525원

귀약 solution2 10ml 11,000원

귀약 otomax 10ml 8,800원

안약 Hyalon 5ml 11,000원

안약 trusopt 5ml 44,000원

짱이의 합계 304,625

*

　의사의 권유로 미용을 맡겼다가 문제가 생겼다. 짱이가 허리를 제대로 펴지 못하고 절룩거렸다. 의사는 디스크가 의심된다고 했다가 어쩌면 뇌에 이상이 생겨 그럴 수도 있다고 했다. 통증이 심해 보여 진통제를 놔주고 몇 가지 검사를 했다. 결과를 기다리는데 머리가 복잡하다. 더없이 친절해 보이는 젊은 의사가 나를 속이는 건 아닌지 의심을 거두지 못한다. 별일 아니겠지요, 잘 부탁드립니다. 조금 전에 머리를 조아리고 나왔으면서.

복도가 북적인다. 생긴 지 한 달이 채 안 된 곳인데 온 동네 개들이 다 모인 것 같다. 노견을 돌보는 보호자에게 가장 필요한 태도는 일관성이라고 한다. 일희일비하지 말고 상태가 나쁠 때에도 평상시처럼 개에게 말을 걸고 눈을 맞추라고. 짱이가 품속으로 얼굴을 숨긴다. 입고 있던 스웨터를 벗어 짱이를 덮어준다. 너의 고통을 나에게 주렴, 기도하면서.

5
월
15
일
—
시

재봉

마음 끄트머리가 다 닳아 없어져

가슴 두 글자만이 헐렁하게 남아 있군요

달려가서 단추를 채워주고 싶습니다

유독 추운 날이라서

기침이 좀체 멎지 않는 듯해서

작두콩차를 끓여 조금씩 먹이고

당신을 가만 재우고

이 밤이 지나도록 바느질하고 싶습니다

어디에나 단추를 달 수 있습니다

즐겨 입는 검정 모직 코트와 셔츠

매일같이 드는 리넨 가방

다림질한 바지와 짝 잃은 장갑

어릴 적부터 간직한 헝겊 인형에도

기능과 장식을 위해서라면

갈기갈기 찢어진 당신의 그림자에도

단추를 달아 맞춤할 수 있습니다

자기가 잃어버린 게 무언지도 모르고

허물어지는 사람

손에 쥘 수 있을 만큼의 진심이면 된다고

무엇을 잃고 얻는 사람

얻고 놓는 사람

당신에게 바짝 다가가 여분의 단추를 달아주고 싶

습니다

바란 적이 없는 선의
그래서 당신을 당혹스럽게도 하는 타인의 입김

그게 나의 이기인 줄 모르고

5월 16일 ― 그림일기

오늘 작업대는 짱이의 것

—2020년 봄

오늘 작업대는 짱이의 것. 새로 산 그림책과 노트, 교정지 더미 사이에 개가 눕는다. 시쓰기는 일상으로부터 방해받고 간섭받고 뒤섞인다. 그런 점이 전과는 다르게 좋다고 느낀다.

*

잠이 깼다. 빗소리가 비현실적으로 크게 들려서 창을 열어 눈으로 확인했다. 숨이 크게 쉬어진다. 오늘은 원고를 쓸 수 있을 것이다. 물을 불에 얹어 끓이고 있다.

이제야 지난달을 갈무리한다. 꼭 필요한 말만 하며 지내고 싶은데 그러기가 어려웠다. 집을 비우는 시간이 길었고 그만큼 우리 개는 힘들어했다. 미안한 마음에 간식을 주었더니 배탈이 났다. 비가 그치기를 기다려야지. 개의 찰박찰박 발소리를 들으면서 골목을 돌아야지. 책을 버리고 옷을 버리고 그릇을 버려야지. 5월은 빈자리. 우리 개와 뒹굴어야지.

*

강아지 이마에 뽀뽀하기. 오늘 내가 한 일의 전부.

*

비바람을 맞았다. 그 때문은 아니지만 사흘을 꼬박 잠을 잤다. 잠깐 깨어 강아지 밥을 챙기고, 잠깐 깨어 밀린 전화를 받는 식이었다. 무엇으로부터 도망치는 걸까. 무엇으로부터 멀어지려는 걸까. 알고 나면 이런 상태에 빠지지 않을 수 있을까. 이런 시간이 나에게 충분한 보상이나 보호가 된다면 좋을 텐데. 불현듯 나보다 더 긴 잠을 자는 개를 느낀다. 몸을 일으킨다. 불을 켠다. 이불을 털고 설거지를 한다.

*

거실을 돌아다니는 짱이를 재우고 의미 없는 영상을 몇 개 보다가 관두었다.

*

새벽 네시. 겨우 잠이 든 찰나에 나를 부르는 소리가 들렸다. 길고 높은 울음소리였다. 불을 켜고 보니, 식탁 아래에 개가 엉거주춤 앉아 있었다. 괜찮아, 이리 와. 손을 뻗어 개를 들어 안았다. 뒷다리와 꼬리에 묽은 변이 조금씩 묻어 있었다. 미지근한 물로 씻기고 약한 바람으로 말렸다. 개는 젖은 수건처럼 내게 몸을 맡겼다. 다 됐다, 별일 아니었어. 삶은 감자처럼 포실포실해진 엉덩이에 뽀뽀를 열 번쯤 해 주었다. 새벽 네시 반. 개는 껌 하나를 물고 눈을 깜박이고 있다.

*

맞은편 건물이 해를 받아 색이 예쁘다. 요거트에 바나나, 현미 플레이크를 섞어 먹었다. 커피 대신 민트티도 함께. 바람이 들고 하늘이 변하는 것을 보면서 마음이나 생각도 좋은 쪽으로 흘러간다. 해를 받으며 걷고 싶다.

　잠 깬 짱이가 울면서 거실로 걸어나왔다. 이불 속에 들어가는 건 영 싫어하고 자꾸만 화장실 수건 앞에 눕는다. 안아서 제자리에 데려다놓고 윗옷을 덮어주었다. 짱이 눈을 가볍게 닦아주고 아이들 줄 연필을 깎는다.

*

　뜨거운 커피가 식는 동안, 단편을 천천히 읽어내려가는 동안, 짱이는 내 옆 의자에서 가만히 쉬었다. 깊이 잠든 것처럼 보이는 짱이가 이따금 고개를 들어 내 쪽을 바라보기도 했다. 곁에 있는지 확인하는 거겠지. 짱이가 그렇다고 말해준 적은 없지만 느껴진다. 나도 그러느라 글을 쓰거나 읽는 걸 자주 멈추었으니까.

　너 내 곁에 잘 있지? 춥지 않지?
　살피고 묻는 계절이다.

*

짱이가 발밑을 떠나지 않는다. 쇠약해지지 않고 함께 건강하려면 무엇이 필요할까. 엄마가 장조림을 만들어다 주셨다. 대추랑 후추랑 계피랑 버섯을 넣고 달여 간장만 떠먹어도 입맛이 돈다. 원고가 되질 않아 가시를 세우고 있지만 소용없음. 한 줄 쓰고 사과 먹고, 한 줄 쓰고 물 마시고, 한 줄 쓰고 개 옆에 눕고, 그러다 봄이 끝날 테지.

오늘도 어제처럼 개를 돌본다. 개가 나를 돌본다.

5
월
17
일
―
시

꿈의 구역질

고양이 요람*에서 굴러떨어졌지

그때 깨진 이마
거기서 덜 익은 신음이 흘러나와

꿈 아빠, 종종 나를 놀래켰지

또 보네 아직도 떨고 있구나
발가벗은 돌처럼
발부리에 차여 나가떨어진 그날처럼

아파, 이토록 밤이면 왜 더 아파질까

붉으면 붉을수록 흘러내리는 진물
풀려나기를 원하는 목소리

걸려 넘어질 때마다 작은 춤을 추는 것 같네
조금 더 빠르게 조금 더 정확하게
우리만의 질서가 공고해지는 것 같네

꿈 아빠 손목을 당겨 짓누르고 다시 팽창했을 때
터진 이마를 부여잡고 나는 종종걸음을 쳤지

꿈이라는 노동으로 쫓겨다녔지

---

* cat's cradle. 실뜨기 혹은 복잡하게 얽혀 풀기 어려운 것.

5
월
18
일
—
에
세
이

아이와 어른 울보들에게

작업실 앞 화단에서 두 돌쯤 돼 보이는 아기에게 누가 말을 걸고 있었다. "우아, 바람이 부네. 나무가 흔들린다. 잎이 팔랑팔랑 떨어지지." 정 많은 나무가 아기를 향해 손을 흔드는 듯 보였다. 그 장면을 본 후로 나는 작업실 앞 나무를 자주 올려다보게 됐다. 아는 나무 한 그루가 생겨 반갑고 좋았다.

아기의 세계는 관찰하고 발견하고 감탄하면서 점차 넓어지는 걸까. 강효선의 그림책『아장아장 사계절』을 보면서 그런 생각을 했다. 아장아장 걷는 아기의 산책길을 따라 봄, 여름, 가을, 겨울의 풍경을 차례로 그린 작품이다. 아기 있는 집에 선물할 일이 생기면 언제든지 시의적절하게 건네볼 만하다.

책에서 봄 산책을 나선 아이는 '후르르' 부는 꽃바람을 맞으며 엄마에게 줄 꽃을 줍는다. 빗방울이 '토도독' 떨어지는 여름에는 물웅덩이에 비친 얼굴을 들여다본다. 가을에는 단풍잎이 소곤대는 소리를 듣고, 겨울에는 '뽀두독' 눈밭을 밟으며 나아간다. 계절의 변화를 온몸으로 겪고 느끼며 자라는 아이의 모습을 차곡차곡 담은 작품이다.

『아장아장 사계절』은 무엇보다 페이지를 넘기는 즐거움이 크다. 왼쪽에서 오른쪽으로 아이가 움직여가는 동안 걸음마다 일상의 작은 아름다움이 곳곳에서 눈에 띈다. 흩날리는 꽃잎과 흘러가는 구름, 아빠가 불어주는 비눗방울, 폴짝이는 개구리와 바쁘게 달려가는 다람쥐나 강아지까지. 가벼운 선과 색으로, 소리와 모양을 나타내는 재미난 말들로 장면을 리듬감 있게 연출했다. 산책하면서 조금씩 달라지는 풍경을 즐기듯 책을 늘쩡늘쩡 보다보면, 앞 장의 정보와 뒷장의 정보 사이의 관계를 읽는 재미를 느낄 수 있다.

이 책에서 계절의 감각은 아기의 걸음만큼 느리지만 또렷하게 지난다. 아기의 눈과 손이 닿는 만큼 세상이 조금씩 넓어진다. 혼자 놀던 아이는 어느새 친구를 사귄다. 박자를 맞추어 시소를 타고 힘을 합쳐 눈덩이를 굴린다. 뛰놀며 부지런히 자란 아이는 어느새 상상에서 만난 흰곰과 어울릴 줄도 안다. 한 권의 성장 앨범처럼 소중한 장면이 포착돼 있다. 자연 속에서 가족과 친구, 세상과 교감하는 아이의 성장은 여기서 멈추지 않는다. "내일 또 놀자."

*

옷장을 열어 갖고 있는 옷 전부를 꺼냈다. 백스물다섯 벌 중 마흔아홉 벌을 정리하고 일흔여섯 벌을 남겼다. 뒤집어 쓴 먼지를 씻어내고 간밤에 어찌나 달게 잤는지. 남은 계절에 얼마나 더 많은 물건을 버릴 수 있을까? 책장을 비우고 또 비워서 나를 위한 그림책을 단 한 권 남겨야 한다면 메의 그림책 『내 마음이 편한 곳으로』를 고르겠다.

로미의 집은 가구와 살림살이를 한눈에 헤아릴 수 있을 만큼 단정하고 정갈하다. 작은 창으로 아침 햇살이 든다.

여느 때와 다름없어 보이지만 오늘 로미는 초대를 받았다. 잠자리를 정돈하고 옷을 걸친다. 울타리 너머 토마에게 인사하고 꽃과 풀을 살핀다. 채비를 마친 로미가 몇 걸음 멀어지자 집은 점점 줄어들더니 작은 가방이 된다. 마지막 여행을 떠날 순간이다.

목적지는 '마음이 편한 곳'이다. 로미는 서두르는 법 없이 주변을 찬찬히 살피며 한 걸음 한 걸음 나아간다. 그러면서 도중에 만난 친구들에게 가진 것을 아낌없이 나눈다. 배고픈 친구들에게 음식을, 보금자리가 필요한 새들에게 아끼던 시계와 챙모자를 건넨다. 가벼워진 가방만큼 로미의 마음도 한결 가뿐해진다.

내가 좋아하는 장면은 그 뒤에 이어지는 장면이다. 잎이 진 앙상한 나무에 로미가 기대어 앉아 있다. 키 크고 무성한 나무들을 바라본다. 무슨 생각을 했을까. 로미는 일어나 가지만 남은 앙상한 나무에게 옷을 입힌다. 자기에게 잠깐 쉴 곳이 되어준 나무에게 고마운 마음을 표한 듯도 하고, 그럴 수 있다면 보이지 않는 외로운 마음까지 살뜰히 달래주고 싶었는지 모른다. 부드러운 갈색 털을 가진 말 토마는 그런 로미의 여정을 내내 함께한다. 여행의 끝에 이른 로미는 토마를 끌어안는다. "안녕, 나의 토마. 내 곁을 지켜줘서 고마워."

어느새 비는 그치고 환한 빛만이 로미가 있던 자리를 비춘다. 로미는 떠나고 없다. 책의 제목처럼 '마음이 편한 곳'을 찾아갔겠지. 그에게서 소중한 마음을 전해받은 토마와 친구들이 여전히 로미를 기억한다. 세 번의 펼침 페이지마다 속도를 늦추어 그림에 오래 머물러 있다보면 짧은 이야기 같은 삶을 조금 더 사랑할 수 있게 된다. 나는 내 삶의 무엇을 누구와 나눌 수 있을까. 온기가 가득한 이 책 속에서 생각해본다.

*

전화기 너머 친구의 목소리가 떨렸다. 아이가 울 만한 상황이 아닌데도 툭 하면 울어버려서 안쓰럽고 곤혹스럽고 때론 지치기까지 한다고. 자신을 닮아 마음이 약한 것 같다고. 아이 생각을 하면 자책감이 든다고.

　우리는 왜 울까. 슬플 때는 물론이고 기쁠 때나 감동했을 때도 눈물이 난다. 울음은 약함의 표시처럼 여겨지기도 하지만 사실은 아주 자연스러운 반응이다. 울음을 통해 우리는 서로의 마음을 알아차리고, 진심을 나누고, 서로에게 더 가까이 다가갈 수 있으니 말이다.

　일본의 대표 그림책 작가 초 신타와 이백칠십 권이 넘는 그림책에 글을 쓴 나카가와 히로타카가 함께 만든 그림책 『울었다』는 "이십여 년간 사랑받은, 이 세상 모든 울보들을 위한 책"이라는 출판사의 소개말처럼 눈물의 의미와 가치를 되새기게 한다.

　표지에 두 손으로 얼굴을 감싼 아이가 보인다. 아래로 처진 눈썹이 아이의 마음을 엿보게 한다. 갈색 고양이가 "이봐, 왜 그래?" 하고 묻는 표정으로 아이의 팔을 살짝 잡아당긴다. 면지 가장자리에는 눈물을 떨구는 열 개의 조그만 얼굴이 그려져 있다. 노란 바탕의 표제지에는 두 손 안에 감춰져 있던 얼굴이 다시 나타난다. 감은 눈에서 눈물 한 방울이 떨어진다.

이 책에서 아이는 하루에 한 번은 꼭 운다. 넘어져서, 싸워서, 짜증나서 운다. 어느 날 길을 잃었을 때도, 엄마와 잠깐 떨어질 때도 눈물이 난다. 다시 엄마 품에 안기면 참았던 눈물이 펑펑 쏟아진다. 아이가 자라면서 눈물의 무게도 조금 달라진다. 동생의 탄생과 흰둥이의 죽음을 겪어서일까. 하늘을 나는 까마귀의 울음도, 텔레비전 속 전쟁터의 아이의 울음도 이제는 다르게 들린다. 아이는 문득 궁금해진다. "언젠가 어른이 되면 나도 울지 않게 될까."

어른이 된 나는 자주 울었다. 어렸을 때 꾹 참았던 눈물이 몸속에 차곡차곡 저장되어 있었던 걸까. 그런 상상이 절로 들 만큼 마음이 수시로 찰랑거린다. 나는 기억하지 못하지만 친척 언니가 나를 보면 늘 말해주던 장면이 있다. 내가 아직 아기였을 때 나를 화장대 위에 올려두면 몇십 분을 가만히 기다렸다고 한다. 언니는 순한 아기를 울리고 싶었던 건데, 내려달라고 보채거나 울 법도 한데, 내가 말똥말똥한 눈으로 언니를 쳐다보고만 있었다고.

익살스러운 그림과 다정한 글이 어우러진 『울었다』를 내

친구에게 부쳐야겠다. 울음이 많은 아이랑 같이 봐도 좋고
사실은 자기도 나 몰라라 아이처럼 울고 싶을 때가 많다는
친구 혼자 봐도 좋을 것 같다. 울음의 장면을 하나하나 펼쳐
보이는 이 책을 아이와 어른 울보들에게 선물하고 싶다.

5월 19일 — 그림일기

저녁 기도

—2021년 겨울에서 봄

새집에 옮겨온 후로 짱이 모습은 확연히 차이가 난다. 마른 나뭇잎처럼 바스러질 듯한 몸이 되어 잠자는 개를 보고 있으면 조심조심 입을 맞추게 된다.

*

밥은커녕 좋아하던 몇 가지 과일이나 야채를 줘도 흥미가 없다. 물을 잘 먹지 않는다. 잠을 잘 이루지 못한다. 다독이려고 손을 뻗으면 뒤로 물러난다. 안쓰러운 마음만 가득해서는 아무것도 낫게 할 수 없다는 걸 안다.

작은 빗으로 짱이 콧잔등을 빗긴다. 내 왼손에 턱을 괴고 가만히 눈을 깜박인다. 행복은 작은 것에 감사하는 마음, 타인의 행복을 비는 마음에서부터 일어난다고 한다. 나는 나와 개의 행복만을 빌며 불가능한 꿈 같은 걸 바란 지가 오래됐다. 그래서 이렇게 뾰족하고 옹색해지는 것이겠지. 짱이가 며칠째 밥을 먹지 않는다. 오늘은 나가서 고구마를 좀 사와볼까. 왼손에 기대 있는 짱이에게서 선한 마음이 옮겨지는 것 같다.

애, 그러지 말고 저녁 기도는 모두를 위해 써보는 건 어때. 고루고루 행복을, 행복만을.

*

짱이가 더이상 밥을 안 먹는다. 신부전 말기, 요독증, 위장 출혈, 빈혈. 집에서 보호자와 함께 쉬는 게 좋겠다고 권유받았다. 이틀간 밥은 억지로 먹이지 말고 몇 가지 약을 제때 먹이기.

*

　콧줄과 수액줄과 소변줄을 달고 숨을 몰아쉰다. 짖고 운다. 도닥이며 잘 말해주었다. 버텨야 한대. 나아야 집에 갈 수 있대. 내일 또 올게. 금방 올게.

*

　두번째 심정지가 왔다. 약물을 주사해 소생했다. 처치실 벽시계를 보는데 곧 해가 질 거였다. 이곳을 벗어나 볕을 보여주고 싶다.

　집으로 가자 우리.

5 월 20 일 一 시

초점 연습

해님이 방긋
내 앞에 두 개의 점은 너의 눈

웃게 돼
강아지들은 왜 햇볕을 좋아할까?

그야 하늘에서 온 아이들이니까

웃음이 나
곰곰 떠올릴수록 너의 대답은

*

줄무늬 목도리에 강아지를 싸안은
너의 눈동자는 연한 갈색

보드라운 것을 안으면 발밑을 살펴 걷게 돼
눈이 더 오려나?

디딜 곳이 진창뿐이라 해도
후후하하 한숨과 웃음이 섞여 나와

주름진 시간 사이사이로 입김이 스밀 때

우리에게서 빠져나와
멀어지는 눈송이 하나

저녁별이 초롱

*

정말 죽어가나봐

강 하구에 부러진 소나무를 살펴 바라볼수록
눈꺼풀 속에 눈동자는 어두운 갈색

저기 서봐 네가 얼마나 작은지
작아서 얼마나 위태롭고 생생한지

한 동작에서 머무를지 물러날지를
우리는 매 순간 선택하고

그 선택은 자기만의 것
지난 일이 끝난 일은 아니게 돼

잘인지 아닌지 모르게
오늘과 같이 그쳐도 된다는 생각도 함께

이제 가자

눈은 더 내리지 않는다

5
월
21
일
─
에
세
이

오늘 당신의 마음 날씨는

오늘 당신의 마음은 어떤 날씨인가요? 햇살이 온몸을 감싸는 편안한 날인지, 빛줄기가 들지 않는 안개 낀 날인지, 울먹이는 비구름이 가득 들어찬 날인지 알고 싶어요.

*

앞을 알 수 없는 흐린 날이라고 수현은 답한다. 중학생이 되어 완전히 달라진 환경에 적응해나가는 중이니 아무렴 그럴 수밖에 없다. 수현에게 다른 질문을 건넨다. 당신 마음이 방이라면 그 방에는 무엇무엇이 놓여 있을까요? 수현의 손에 들린 연필이 한참을 멈추어 있다가 까딱인다. 마음의 방에는 과거의 추억들이 놓여 있다는 문장이 적힌다.

*

　수현과는 삼 년 조금 넘게 만났다. 맑고 쾌청한 날에도 천둥이 치는 날에도 수현은 빠짐없이 읽고 쓰면서 지냈다. 희고 둥근 얼굴이 조금 더 길쭉해졌을 뿐 겉모습이 크게 달라진 것 같지 않은데, 그동안 쓴 글들을 보면 아이 마음의 방이 더 크고 넓어진 걸 느낄 수 있다.

　열한 살 무렵의 수현은 만화 그리기를 좋아했다. 빈 종이를 주면 여러 개로 칸을 나누어 숫자를 작게 적어넣은 뒤 자신이 상상한 이야기를 만화로 그렸다. 주인공이 누구든 세계관이 어떻든 포탄이 날아들어 모두가 죽고 세계가 멸망하는 식으로 이야기를 끝맺었다.

　수현이 문학을 좋아하는 편은 아니었지만 나는 같이 읽고 싶은 책이 많았다. "이 책 읽어볼래? 새로 나온 동화인데 주인공이 좀 웃겨." "이건 전염병으로 강제 폐쇄된 도서관에서 일어난 이야기야." "줄글 읽기 따분하면 그래픽노블 어때?" "이 책은 같은 제목으로 영화가 만들어졌어. 비교해보자!"

책을 건네받은 수현은 묵묵히 책 속으로 빠져들었다. 과일이나 비스킷을 옆에 놓아두면 눈을 책에 고정한 채로 간식을 집어 먹었다. 책에 몰두해 종종 입을 멈추곤 했는데 그 모습이 알밤을 깨문 다람쥐 같아 웃음이 났다.

어느 날부터 수현은 틈이 나면 묻지 않아도 자기 이야기를 꺼냈다. 며칠 후에 가창 시험이 있다는 이야기, 친구들 앞에 서면 땀이 난다는 이야기, 쌍둥이 사촌이 태어났다는 이야기, 캠프파이어 이야기, 친구 누구누구의 짝사랑 이야기, 농구와 수영 이야기, 졸업 이야기. 귀를 기울여 그 모든 이야기를 들은 나는 이렇게 말할 수밖에 없었다.

수현아, 네가 나에게 들려준 이야기는 하나도 버릴 것이 없어. 말한 것을 종이에 잘 받아적기만 해도 재미난 책 한 권이 될 거야.

*

때로 수현은 글쓰기가 미로 같다고 했다. 쉬워 보이는 길이지만 실제로 걸어보면 생각과 달리 아주 복잡할 때가 많은 미로와 같다고. 글을 쓰다가 막힐 때는 연필을 내려놓고 아무 책이나 집어들었다. 그 속에서 잠시 쉬다가 다시 미로 같은 글쓰기로 돌아오면 다음 문장이 번뜩 떠오르곤 했으니까.

열네 살이 된 수현은 어떤 글을 쓸까. 오늘은 「밤하늘」이라는 시를 썼다

밤하늘

고수현

어두운 밤하늘에
빛나는 별들이 뜬다

밤하늘에 뜬 별들을
보며 그저 웃는다
웃는 나는
별들을 닮는다

밤하늘과 빛나는 별, 웃는 얼굴이 포개지며 짧지만 명징한 그림이 그려지는 시이다. 화자는 말없이 어두운 밤하늘을 바라보고, 그 안에서 빛을 찾고, 끝내 화자 자신도 풍경 속으로 녹아든다. 이 시를 쓴 수현과 많이 닮아 있다. 착실하게 자기 할일을 이어가는 미더운 성정 같은 것.

다음에 만날 때 수현의 마음 날씨는 어떨까. 수업을 마치고 뒤돌아나가는 수현을 부른다. 내일은 너의 날이 맑을 거라고 아는 체를 하고 싶다. 하지만 다른 말을 한다. 수고했어, 또 보자!

묻지 않아도, 아는 체하지 않아도 기다리면 다음번에 조금 더 자란 수현을 만나게 될 것이다. 꾸벅 인사를 하고 수현이 총총 멀어진다.

5
월
22
일
─
시

5
월
22
일

난센스

한 장의 그림처럼

알에서 이제 막 깬 어린 물고기들처럼

함께 움직여 다니는 것은

탬버린을 치면 찰찰 쏟아지는 햇빛

아침이면 넷

점심이면 둘

저녁이면 셋인 것은

눈꼬리에 눈물을 달고 다니는구나

네가 울면 안아올려 귀여워해주고
간지럼 태우고 싶어
옆구리와 목, 팔뚝과 배, 허벅지 안쪽, 발바닥을 번
갈아
간질여주고 싶어

오그라드는 몸
참아봐도 터져나오는 웃음이 보고 싶어

아침에 끌레르
점심에 다방 레지
저녁에 변희봉3*인 것은

너와 내가 나눈 메시지 모음
오랜 시간이 흐른 뒤에야 가질 수 있는 장면인 것은

장막이 걷히면

자기가 만든 열매를 먹는 시간

흡수하는 시간을 충분히 가진 뒤에 움직이기

거기서 만나
응 거기서 만나

5월 23일 — 에세이

놓치면 안 되는 이야기

기념일이 많은 5월. 아이로, 어른으로, 자식으로, 부모로, 이모로, 제자로, 선생으로, 노동자로, 유권자로, 중생으로, 세계인으로…… 많은 나로 사느라 멀미가 이는 5월. 내가 누구인지 잠시 헷갈린다. 불리는 이름도 해야 하는 일도 많아진다. 이런저런 역할 사이를 오가다보면 정작 내 마음이 어디에 있는지 놓치게 된다. 그럴수록 자주 잠에 빠진다. 글이 막히면 어김없이. 사람을 만나고 돌아오면 여지없이. 두통과 소화불량에 시달리면 가차없이.

*

잠에서 깨보니 시후에게서 전화가 와 있다. 무슨 이야기를 들려주려 했을까. 오늘 학교에서 시를 낭독했다는 이야기. 영어학원을 빠졌다는 이야기. 친구들이랑 노는 게 시시하다는 이야기. 감기에 걸려 노래를 불러줄 수 없다는 이야기. 어떤 말이든 시후의 재잘거림을 들었다면 마음이 다 씻길 텐데.

"남지은 선생님, 이번주 일요일 오후 세시 오십삼분에 부분일식이 일어난대요, 꼭 보세요. 놓치면 앞으로 십 년이나 기다려야 된대요." 전화가 연결되자마자 시후가 말한다. 일식이 있다는 소식을 바쁘게 전하는 아이의 목소리에 저절로 웃음이 난다. 그동안 잘 지냈냐는 안부도, 보고 싶었다는 인사도 그 말속에 다 담긴 듯하다. 놓치면 십 년을 기다려야 한다고 힘주어 말한 것에는 그러니까 꼭 보라는 당부와 함께 '제가 먼저 알려드렸어요' 하는 작은 자랑도 들어 있다.

글로 맺어진 인연은 질기고 귀하다. 열 번도 채 되지 않는 글쓰기 수업이었지만 시후는 몇 년이 지나서도 전화를 해주었다. 나는 시후의 말을 통해 우리가 수업 시간에 나눈 이야기들을 떠올린다. 세상에는 그냥 지나치기 쉬운 것들이 너무나 많다고, 온갖 것—해와 달과 별, 하늘과 구름과 비와 눈, 꽃과 풀, 길과 차, 집과 물건들—을 관심 있게 보라고. 눈여겨보면 그 안에 이야기가 숨어 있다는 걸 알게 될 거라고. 아무리 조그만 것이라도 마음이 가는 것을 찾아 글로 써 보라고. 시후는 그 말을 잊지 않고 간직하고 있는 듯하다.

시후가 들려주는 이야기에 귀기울인다. 초승달 모양으로 보이게 될 해 이야기. 달리다 넘어져서 발에 깁스를 하고 말았다는 이야기. 엄마가 아프시다는 이야기. 학기 초 친구들 사이에서 상처받은 일이 있었지만 이제는 잘 지낸다는 이야기.

네가 아니면 들을 길이 없는 너의 이야기. 놓치면 영영 들을 수 없을 너의 이야기.

아이의 말이 사소하게 들리더라도 나에게 의미 있게 남는 건 왜 그럴까. 세상 사람들이 중요하다고 말하는 일과는 조금 거리가 있는 이야기들. 하지만 이상하게도 그런 말을 듣고 있으면 마음이 고요하고 투명해진다. 바쁘고 복잡한 생각이 잠시 멈춘다. 아마도 아이의 말에는 아직 계산이 없기 때문일 것이다. 무엇을 얻으려고 한 말도 아니고 누군가를 설득하려는 말도 아니다. 보고 들은 것을 그대로 꺼내놓는 말. 아무것도 꾸미지 않은 말. 그 순한 말들이 지친 마음을 씻어내리는 것도 같다. 나는 그런 말을 흘려보내고 싶지 않아진다. 그 안에 아이가 하루 동안 보고 듣고 느낀 세계가 그대로 들어 있기 때문이다.

수업에서 시후는 짧고 간결하게 말하면서도 힘이 있는 글을 썼다. 파블로 네루다의 시집 『질문의 책』에서 뽑은 질문을 무작위로 섞어 아이들에게 뽑게 했다. 그리고 자기가 뽑은 질문에 생각나는 대로 답을 해보게 했다. 시후는 "빗속에 서 있는 기차처럼 슬픈 게 있을까?"라는 질문을 뽑았다. 다른 친구들이 종이 한 장을 가득 채워 쓰는 동안에도 시후는 한동안 아무것도 적지 않았다. 그러다 결심한 듯한 표정을 짓더니 무언가를 또박또박 적어내려갔다. 빗속에 서 있는 기차처럼 슬픈 것 다섯 가지. 시후가 적은 것은 모두 이별과 상실에 관한 내용이었다. 누군가와 멀어지는 일, 사랑하는 사람을 잃는 일, 그리고 아주 사소하지만 마음에

남는 잃어버림까지. 시후의 글은 단 몇 줄뿐이지만 그런데
도 그 목록을 읽으면서 마음이 붙들렸다. 슬픔을 크게 설명
하지 않으면서도, 마주하고 싶지 않을 수도 있는 일을 아이
가 진술하게 바라보는 듯한 느낌이 들었다. 어린 시절의 나
는 그렇게 말하지 못했기 때문일까. 시후의 글을 나 혼자 간
직하고 가끔 용기가 나지 않을 때 꺼내본다.

"선생님, 그런데 저녁은 드셨어요?" 시후가 갑자기 던진
말에 빵 터졌다. 저녁은 드셨냐는 말은 직장 동료나 친구
들에게서 들을 법한 말인데, 아이가 점잖게 물어오니 웃음
이 났다. 나는 웃음을 잘 감추고 아직 먹지 않았다고 대답했
다. 시후가 안타깝다는 듯이 장난스럽게 감탄사를 내뱉더
니 챙기는 말을 한다. "밥 안 먹으면 쓰러져요. 꼭 드세요."

5
월
24
일
─
시

월

곧 거울이 깨질 시간[*]

어디에 있었어

쫑긋 내민 입술을 제자리로 가져가면서
두 글자를 발음할 때

그러니까, 우리가 우리를 우리라고 부를 때 말이야

얇은 입술을 떨어뜨리면서

---

[*] 시의 제목은 연극배우 주선옥이 생전에 남긴 메모(2023년 1월 28일)에서 빌려왔다.

아주 살짝 낮아진 온도를 느껴할 때

유난히 해가 늦게 뜬 아침

지나가는 길이었어
너를 보러 일부러 여기까지 온 건 아니야

묻기도 전에 답하는 작은 신을 바라보면서
이내 꼭 안아주면서

기뻐할 때, 우리가 우리를 비로소 마음에 들어할 때

어디 있다 이제 왔어

되돌아가지 말고
붙들리지 말고

깊은 서랍에 잠들어 있던 편지를 꺼내 읽어내려갈 때
지난 우리가 지금 우리에게

들려주려 한 메시지를 찾아 읽을 때

생일이 든 겨울이 가고 기일이 든 봄이 와

해가 들고 하얀 바탕
배경이 없는 그림 속으로 걸어들어가는

그러니까 둘은

보기 좋았어
좋았어

빛났어

5
월
25
일
—
에
세
이

같은 자리

목이 잠겨서 보리차를 끓여 마신다. 작은 잔을 쥐어 온기를 느낀다. 하루가 잘 풀리지 않아 초조함이 밀려드는 밤.

라디오를 켠다. 정확히 말하면 십 년 전 라디오 방송 녹음 클립을 재생한다. 진행자 쫑디가 오프닝 멘트를 한다. 한 연구 결과에 따르면 우리 뇌는 우리가 상상하는 모든 것을 실제로 일어나는 일인 것처럼 받아들인다고 한다. 과학적인 근거를 떠나 그 말이 재미있게 들린다. 다른 날짜 방송에서 그는 이렇게도 말한다. "인터넷에서 이런 글을 봤어요. 지구가 둥근 이유는 누구든 구석에서 우는 일이 없도록 하기 위해서다."

라디오와 청취자를 사랑했던 쫑디, 샤이니 종현은 마지막 방송을 앞두고 직접 쓴 글을 읽어주기도 했다. 떠올리면 힘이 되는 글이라 메모장에 옮겨두고 종종 꺼내본다. "처음 라디오를 시작했을 때 어떠한 공간을 만들고 싶었다. 당신이 물리적으로 어떤 공간에 있건 함께할 수 있는 심리적 공간을. (…) 물리적인 것들은 우리의 공간에 아무렴 상관이 없었다. 앞으로도 그랬으면 한다. 나와 당신의 공간 푸른밤이 누구나 편히 쉴 수 있는 곳이길, 함께한 기억들이 추억으로 살아나 당신을 안아주길."

그가 쓰거나 부른 노래 가사에도 그런 메시지가 남아 있다. 물리적인 거리는 우리 사이에 아무런 방해가 될 수 없다고, 나와 너는 계속 함께일 수 있다고. 지난해 데뷔 십칠 주년을 맞은 샤이니는 5월 25일 오후 다섯시 이십오분에 공연을 시작하며 첫 곡으로 〈Poet|Artist〉를 공개했다. 시인이자 예술가이기를 꿈꾼 종현이 생전에 작사, 작곡한 미발표곡으로, 가이드 버전에 남아 있던 종현의 목소리를 들을 수 있다. 지금도 들으면 이상한 기분에 휩싸이곤 하는데, 머나먼 거리와 시간을 가로질러 지금 이 자리에 그의 목소리

가 도착한 것처럼 생생해진다. 과거의 기록으로 남지 않고 노래가 울리는 순간마다 그가 지금의 우리와 같은 시간 위에 놓인다.

누군가의 목소리가 시간을 건너 도착하듯이 글도 그렇게 남을 수 있을까. 사라진 것을 되돌려놓지는 못하지만 다른 시간을 사는 사람을 같은 자리에 잠시 불러모을 수 있다는 점에서 예술은, 문학은 부재를 넘어 함께 있을 수 있는 아름다운 방식 같다.

나는 선옥을 떠올린다. 나의 시인, 나의 배우, 나의 선배 선옥. 우리는 대학 시절을 함께하며 시를 쓰고 방학이면 독서캠프를 다녔다. 학교를 졸업한 뒤 비슷한 시기에 나는 시인이 됐고 그는 극작가이자 배우의 삶을 시작했다. 사회생활을 하면서 전처럼 자주 보지는 못했지만 그를 만날 때면 시 이야기가 빠지지 않았다. 내가 더이상 시를 쓰고 싶지 않다고 말할 때도, 아이들과 책 읽는 일이 가장 즐겁다고 말할 때도 그는 내가 하고 싶어하는 대로 편을 들어주었다. 대신 자신이 쓴 시와 노랫말을 읽어주고는 했다. 그의 목소리에 귀기울이고 있으면 어쩐지 마음이 잠잠해졌다. 그가 내게 이렇게 말하는 것 같았다. 네가 원하는 방식으로 너를 표현해도 돼. 네가 서 있는 자리에서 다시 시작해도 돼.

그는 2024년 4월 4일 연극 연습중 뇌출혈로 쓰러졌다. 그리고 닷새 뒤인 10일 뇌사 판정을 받아 심장, 폐, 간, 신장, 안구를 기증하고 세상을 떠났다. 선옥의 장례가 지러신 11일에는 그가 연출한 세월호 10주기 추모 공연 〈너를 부른다〉가 초연됐다.

선옥은 삶과 문학을 순도 높게 사랑한 사람이었다. 그의 노트북과 핸드폰에는 시와 희곡, 시작 메모, 악보와 가사 등 천 개가 넘는 파일이 남아 있었다. 김선율 배우가 유고를 정리하고, 이후 김행숙, 이설빈 시인과 내가 의견을 나누어 책을 편집했다. 선옥을 그리워하는 친구, 선후배, 지인 백세 명이 책 제작을 위한 모금에 마음을 보태주었다. 그렇게 지난해 선옥의 1주기에 맞춰 유고집 『꼭 안아주기』를 펴내고 서울 성북구 삼선동 369성곽마을 예술공방에서 낭독 공연을 가졌다. 그가 마지막까지 애정을 기울였던 희곡 작품

「숨—여기에서 가장 먼 곳」과 시 여러 편을 사람들이 소리 내어 읽었다. 나는 그 자리에 선옥이 내내 함께 있음을 느꼈다. 그후로도 그의 글이 담긴 책을 열면 언제든 우리가 함께인 듯한 기분이 든다. 어떻게 그럴 수 있을까.

나는 사랑해 마지않는 얼굴들을 온통 떠올린다. 사랑하는 동안 우리는 우리 안의 어떤 구석을 변화하게 하고 이전에는 없던 무언가를 함께 만들어냈다. 시 같은 것. 음악 같은 것. 물리적 거리나 조건은 가로막을 수 없는 심리적 공간 같은 것. 혼자서는 경험할 수 없고 오직 함께일 때만 가능해지는 어떤 것. 우리는 그 안에서 자주 새로워지고 조금 더 자유로워지고는 했다. 그 안에서 다른 나로 살 수 있었다.

그러나 우리는 언제고 작별하는 사이. 떨어져서 운다. 방 안에서, 교실이나 학원에서, 회사에서, 작업실에서, 병실에서, 계단이나 복도에서, 골목 끝에서…… 하지만 높이 떠 있는 별의 시점에서 세상을 내려다본다면 어떨까. 울고 있는 사람들이 점점이 보인다. 고독 속에서, 그러나 같은 둥근 별 위에서. 우리는 서로의 눈에 보이지 않는 거리에 놓여 있을

뿐이다. 삶과 죽음은 손을 맞잡은 사이. 우리는 서로를 힘껏 놓아준다. 더이상 남아 있지 않은 우리를 슬퍼하고 애도한다. 지나간 것을 기억하고 간직한다. 서로에게서 완전히 떠나는 것이 아니라 다른 시간 속에서 함께하기 위해서.

목이 잠겨서 말소리가 작아지는 밤. 내가 쓰는 문장은 나와 헤어진다. 부디 상상할 수 없는 가장 먼 곳까지 가서 누군가를 만난다면 좋겠다. 닿을 수 없는 사람에게 닿고, 함께할 수 없게 된 시간을 살아나게 할 수 있기를. 읽히는 순간마다 부재가 다른 형태로 되살아나기를. 누군가의 삶 속에서 다시 시작되기를. 그리하여 책을 덮은 뒤에도 새로운 이야기가 계속 이어질 수 있기를.

5월 26일 ─시

5월 일

곧 거울이 깨질 시간

시간이 나면 와
와서 공연 보고 가

자리를 마련할게

늦더라도 와
자리를 찾아 앉을 때까지

시간을 벌어줄게

*

그렇지만 누구도 대신할 수 없는 게 있다면
너의 자리
너의 손, 단단한 어깨와 허리

대역을 쓸 수도 없고 사정을 호소할 수도 없는
네 자리로 와

오로지 너만이 네가 될 수 있는

*

구두를 벗고
머리끈을 풀고 브래지어도 벗어던지고
너는 어디에 가 있는 건지

물속에 부푼 잎이 됐는지
보름쯤 자고 일어나면 나머지 보름쯤 버틸 힘이
나는

그런 곳으로 옮겨갔는지

네 자리만은 허방이 되어

독백으로 시간을 번다

별일 없지?
별일 없지

그럼 됐어
됐어

5
월
27
일

그
림
일
기

꿈과 그리움

─2022년 겨울에서 봄

열흘 전 주문한 쌀이 도착했다. 찬장에 넣으려고 쌀 포대를 들다가 대책 없이 울었다. 무지개다리 건넌 우리 강아지를 안아든 것 같아서, 그게 너무 그리웠어서. 강아지 짱이도 사 킬로그램이고 조선향미 골든퀸 3호도 사 킬로그램. 안으니까 딱 알겠더라, 그 무게.

*

짱이를 안고 병원 안을 미친듯이 돌아다니거나, 희미하게 흔들리다 사라지는 꼬리를 발견하거나, 집안 구석에 멍하니 선 짱이를 꺼내려 애쓰거나, 누군가에게 쫓기고 얻어맞는 꿈.

*

아픈 짱이를 잃어버리기까지 한 꿈. 꿈에서 줄줄, 꿈밖에
서 줄줄.

*

짱이를 찾으러 물이 흐르는 깊은 동굴을 따라 들어가는
꿈. 동굴이 깊어지면서 강아지 짖는 소리가 줄이들었다. 짱
이를 만날 수 있을 거라는 기대 때문에 아래로 아래로 걸어
들어갔다.

*

발치에 짱이가 자고 있었다. 붙들었지만 꿈은 달아났다.
안방에 달려가 엄마를 안고 울었다.

*

어떤 날은 함께이던 기억으로 웃고 어떤 날은 텅 빈 배를
감싼 채 울고.

*

잠들기 전에 짱이 재채기 소리를 들었다.

*

예전에 살던 집에서 짱이와 뒹굴거리는 꿈. 폭신한 이불에 분홍 배를 까고 누워 편안했다. 고통 없이 편히 쉬는 꿈. 작은 온기와 신비가 손바닥에 고스란히 남아 있어요.

2022. 1. 29

5월 28일 ― 에세이

오늘의 영광

오늘 생일을 맞은 어린이는 이마에 땀이 송골송골 맺힐 만큼 집중해 글을 썼다. 케이크에 꽂힌 열한 개의 초를 힘껏 분다. 폭죽에서 튀어나온 알록달록한 종이 조각을 손으로 쓸어모으는 아이들 틈에서 오늘의 주인공이 말한다. "쌤, 태어나길 잘한 거 같아요."

우리는 케이크를 나누어 먹으면서 그림책을 감상한다. 『우리가 케이크를 먹는 방법』은 다섯 남매 중 둘째로 자란 김효은 작가의 경험이 담긴 작품이다. 모든 걸 나눠 가져야 하는 상황을 통해 혼자였다면 몰랐을 사랑과 그 사랑을 주고받는 법을 사랑스럽게 보여준다. 책을 다 본 아이들이 이야기를 나눈다.

혼자 케이크를 먹는 것과 같이 먹는 것 중에 어떤 게 좋아? 케이크를 여러 사람과 나누어 먹을 때 큰 조각을 먹고 싶었던 적 있어? 무언가를 나눌 때 항상 공평해야 할까? 어떤 건 나누고 어떤 건 내 몫으로 두는 게 좋을까? 지금 우리 모습이 책 속 장면과 닮아 있는 것 같지 않아?

어떤 아이는 자기 몫이 작아도 괜찮다고 말하고, 어떤 아이는 그래도 같은 크기여야 한다고 말한다. 동생에게는 내 몫을 양보할 수 있지만 친구에게는 그러고 싶지 않다고 말한다. 언니 방은 큰데 내 방은 작아서 항상 공평해야 억울한 사람이 생기지 않는다고 말한다. 케이크를 나누어 먹는 건 아무런 문제가 되지 않지만 엄마의 사랑을 나눌 수는 없다고 말한다. 확실한 건 케이크는 혼자보다는 같이 먹는 게 더 맛있다고 의견을 모은다.

수업을 마친 후 다 같이 자리를 정돈했다. 의자를 테이블 안으로 밀어넣고 아이들이 가방을 챙긴다. 생일인 아이가 다가와 묻는다. 남은 케이크를 엄마랑 먹고 싶은데 포장해 줄 수 있느냐고. 아이의 정중한 목소리에 미소가 지어진다.

*

"제가 어릴 때 쓴 글이 있는데요, 보여드려도 되나요?" 혜윤이 짐짓 예의를 갖추어 말을 걸어왔다. '어릴 때라니. 지금도 넌 겨우 열 살인 걸!'이라고 나는 마음속으로만 중얼거린다. "그럼요, 영광이죠."

혜윤은 까만 폴더폰을 열어 메모장 안에 든 글들을 보여주었다. 일곱 살 때부터 생각날 때마다 틈틈이 글을 써 모았다고 했다. 혜윤이 쓴 글들(시, 단상, 다른 사람의 글을 패러디한 것 등)을 정독했다. 정해진 쉬는 시간을 지키느라 혜윤의 글을 더 읽지 못한 것, 혜윤에게 더 많은 소감을 들려주지 못한 것이 아쉽다.

모든 계절에게 우린 고맙다고 전하네. 여름과 가을과 겨울은 봄이 오기를 기도하고 도와주고 기다려주므로. 나는 생각한다. 뭔가 이루어지기 위해서는 나 혼자 말고 모두의 도움

과 노력이 필요하다고. 그래서 뭔가가 이루어지면 꼭 고맙다고 해야 한다고. _혜윤의 메모 부분

누구보다 진지한 눈빛으로 책을 만지고 펜을 드는 열 살 아이들. 이들은 만난 적이 없는 강아지 짱이에게도 열렬한 애정을 가지고 거의 매주 편지와 시, 그림을 바친다. 짱이 몫의 젤리나 과자를 가져오기도 하고, 지난 겨울에는 눈을 보여주고 싶다면서 솜뭉치를 조금 가져오기도 했다. 어떻게 그렇게 다정할 수 있는지.

"어린이 여러분, 이제 짱이는 춥지도 배고프지도 않은 나라에 있답니다. 그러니 간식은 받지 않을게요. 그만 가져오도록 해요." 조금 시무룩해진 듯한 어린이들에게 재빨리 덧붙였다. "편지는 계속 보내도 좋아요. 언제나 환영한답니다."

아이들은 마음이 가는 곳에 편지를 쓴다. 만난 적 없는 강아지에게도, 지금 곁에 없어도. 그 마음을 종이에 옮겨 건네는 행위가 누군가에게 선물이 된다는 것을 자연스럽게 알

고 있다. 사랑을 아끼지 않는 아이들. 마음을 나누고 건네는 아이들. 아무래도 나는 아이들을 닮고 싶다. 따라가고 싶다. 어린 시절에 내가 바랐던 건 마음을 열어 내 안에 있던 사랑을 있는 그대로 보여주어도 된다는 안도가 아니었을까. 무시당하거나 외면당하지 않고 기꺼이 주고받는 사랑. 어릴 때로 돌아가서 그 사랑을 구해낼 수는 없지만, 지금 여기에서 나는 아이들에 대한 이해와 존중, 그리고 사랑을 키워나갈 수 있다. 아이들로부터 받은 마음이 많은 만큼 나도 커다란 사랑을 돌려주고 싶다. 양육자나 교육가는 아니지만 그저 한 명의 어른으로서 내 손 닿는 아이들에게 마음 안에 든 사랑을 주고 싶다. 스스로를 사랑할 수 있도록 돕고 싶다.

글쓰는 사람으로 아이들 곁에 머물 수 있는 것은 나에게 무엇과도 견줄 수 없는 기쁨이다. 한 뼘 한 뼘 자라나고 한 뼘 한 뼘 깊어지는 아이의 마음을 이토록 선명히 지켜볼 수 있는 자리가 또 있을까. 아이들이 허락해준 그 곁을 겸허하게 지키고 싶다. 아이들과 글을 쓰며 작지만 빛나는 영광의 순간을 맛볼 수 있는 건 나 혼자 말고 아이들의 도움이, 우

리 모두의 노력이 있기 때문이니까. 여름과 가을과 겨울이

있어 봄이 있는 것처럼.

5월 29일 — 에세이

여름 구름 푸름

여름의 문턱입니다. 봄을 놓아주지 못하는 마음, 너무나 잘 알지만은요.

구름이 예쁜 요즘입니다. 구름에 관련된 재밌는 사실을 하나 알려줄까요? 중간 크기의 뭉게구름을 이루는 물방울의 무게를 합하면 코끼리 육십 마리의 무게와 같다고 합니다. 둥실둥실 떠가는 구름이 아까 전과 다르게 보이지요. 가볍게 보이던 것이 묵직해지고 멀게 느껴지던 것이 조금 가까워집니다.

오늘 여러분은 어떤 구름에 눈을 두고 있나요? 인스타그램 피드에는 구름 수집가들의 활약이 돋보입니다. 안희연 시인은 "낙타 같기도 늑대 같기도 한 구름"을 만났군요. "구름을 보는 것은 도움이 된다"고도 말했어요. 구름을 보는 게 과연 무엇에 도움이 될지는 여러분이 직접 경험하고 느껴보길 바라요.

양경언 평론가는 "손바닥 구름"을 만났군요. 여러분도 손바닥 모양의 구름을 찾게 되면 "무너지려는 세상에서 지켜주고 싶은 것, 손으로 받쳐주고 싶은 것. 보고 싶은 것"을 곰곰 떠올려보세요. 저는 친구의 아기가 생각나네요. 아기가 동실동실 걸음마를 할 때, 자라서 자전거를 배울 때 손바닥 구름을 보내주고 싶어요.

아기엉덩이구름, 엄마손구름, 양떼구름, 구름 빨래……
시인이 지은 구름 이름을 알아보고 나면 우리도 구름 작명가가 되어보고 싶습니다. 글자를 모르거나 시쓰기가 어렵다면 그림으로 표현해도 되지요. 중요한 건 고개를 들어 구름을 보는 것, 자신의 느낌과 생각을 붙잡는 것이니까요. 이름을 붙인다는 건 금세 흘러갈 것을 붙들 좋은 방법입니다.

선생님, 구름이 다가오면 얼굴이 간질거려요.

저 구름은 길을 잃고 울어요.

아네요, 저 구름은 달그락달그락 굴러가요.

아, 여러분이 하는 말을 다 받아적고 싶군요. 하지만 안 돼요. 먼저 말하겠다고 다투다가는 이곳이 먹구름 판이 될 수 있으니까요.

'구름'이라는 말을 입속에 넣고 굴려보세요. 어디로든 떠날 수 있을 것처럼 느껴집니다. 여기에서 저기로 흘러갈 수 있습니다. 흩어질 수도 있고 모일 수도 있습니다. 바람을 만나면 모양을 바꾸고 해를 만나면 햇빛을 머금습니다. 자유자재로 모양을 바꾸어보세요. 하늘을 가로지르는 구름처럼 자신만의 여름으로 달려나가시기를.

5월 30일 — 그림일기

슬픔 아닌 사랑으로

—2023년 봄

내 그리움이 크다 해도 짱이를 이길 수 없다. 내 그리움이 아무리 커봐야 짱이 편의 그리움과 사랑이 더 크고 깊을 테니.

*

어느 늦봄에 그림 한 장을 완성했다. 장미와 수국이 핀 길을 짱이가 내달리는, 내가 바라는 자유로운 짱이의 여행길을 그린 그림. 몇 주간 이마와 등이 젖을 만큼 열심이었다.

짱이를 떠나보내고 한동안은 홍제천을 산책하는 사람과 개들을 훔쳐보면서 줄줄 울었다. 한강을 걷고 걷다가 기진

맥진해진 채 집에 돌아왔지만, 몇 날 며칠 잠에 들지 않았다.

그때 나를 건디고 달래준 사람들에게 얼마나 큰 빚을 졌나, 지금껏 조금이라도 갚았나. 짱이에게 한 줄씩 편지를 써 달라고 해서 받았던 문장들은 지금도 종종 꺼내 읽는다. 짱이로 배운 사랑이 여전하고 커다랗다.

덕분에 울지 않고 짱이를 잘 말할 수 있다. 또렷하게 사랑한다.

*

애도를 돕는 준비물

함께 찍은 사진
잠자는 모습을 담은 긴 영상
타이레놀
물주머니 (끌어안고 있으면 함께 있을 때처럼 온기를 느낄 수 있다.)
인형 (촉감이 비슷한 것. 곰이나 토끼 모양이어도 된다.)

작은 접시 (식사 시간이 되면 과일이나 간식을 담아둔다. 그 김에 나도 끼니를 챙겨 먹는다.)

물건 사진 (물건은 꼭 남길 것 한두 가지를 제외하고 나누거나 버린다. 물론 마음이 허락할 때까지 천천히.)

그림책 (글이 많은 책은 눈이 부어 보기 힘들다.)

산책 (늘 그랬듯이 밖으로 나간다. 속도를 맞춰 걷는다. 함께 한다는 마음으로 해를 보고 바람을 맞는다.)

작은 수첩 (못다 한 말을 적거나 말이 어려우면 낙서하듯 그림을 그린다.)

잘 도착했다는 편지 (다른 누군가가 써주면 좋다.)

5월 31일 — 에세이

Dear young poet

달라지는 아이들 옷차림을 보는 게 좋다. 연노랑 가디건, 똑딱핀, 줄무늬 양말, 허리에 묶은 바람막이 점퍼, 얇은 후드티, 청반바지, 벨크로 운동화, 민트색 젤리슈즈, 키링이 달린 크로스백. 늦봄을 입은 아이들이 집으로 달려들어와 깨끗한 물을 꿀꺽꿀꺽 마실 때, 괜스레 심장이 간질거린다.

*

어느 날 유민은 컵스카우트 단복을 입고 나타났다. 아침 일찍부터 모임이 있었다고, 그래서 오늘은 조금 졸릴지도 모른다고 말했다. 목에 맨 스카프를 풀어 작업대 한편에 잘 올려두었다. 구김이 갈까봐 무척 신경쓰는 듯 보였다. 단복을 입어 그랬을까. 한 달 만에 본 유민이 부쩍 큰 듯이 느껴졌다.

나는 서랍을 뒤적여 간직해두었던 몇 가지 물건을 꺼내 유민과 구경했다. 어릴 적 쓰던 걸스카우트 상징 핀, 기능장(기술을 익히면 받는 배지), 그리고 나침반이 여전하게 빛났다. 물건을 줄 때의 어린 마음이 생생하나. 그때의 내가 사라지지 않고 형태를 바꾸어 내 안에 남아 있는 것 같다.

그때 우리집은 지원금을 받을 만큼 형편이 어려웠는데도 엄마는 활동비와 단복값을 마련해 나를 걸스카우트에 보내주었다. 지도와 나침반을 들고 숲을 돌아다니던 오리엔티어링, 침낭 속에서 잠을 청하던 야영과 구호훈련, 돌림노래를 부르며 불을 쬐던 캠프파이어, 낯선 도시의 아이들과 교류하였던 잼버리. 초3 때부터 고1 때까지 활동하면서 좁은 집과 동네를 벗어나 내가 세계의 일원이자 자연의 일부임을 실감할 수 있었다. 교과서만으로는 배울 수 없는 어떤 것이 그때 내 안에 심어졌는지도 모른다. 돌이켜보면 그 시간은 나를 집밖으로 데려간 몇 안 되는 통로였다. 엄마가 마련

해준 기회는 단순한 활동이 아니라 더 넓은 세계를 꿈꿀 수 있게 해주는 시간이었다.

물건을 만지작거리며 유민과 이야기 나누었다. 지금도 세 가지 선서를 외우는지, 매듭법은 얼마나 익혔는지, 텐트 야영과 캠프파이어는 어땠는지, 캠핑 날 담력 훈련이나 진실게임을 했는지. 세대도 환경도 다르지만 비슷한 경험을 한 우리는 쉴새없이 말을 주고받을 수 있었다.

*

열한 살 때 한동네에 사는 동생들을 둥글게 앉혀놓고 학교 놀이를 했던 기억이 난다. 내가 선생님 역할을 맡아 동생들에게 책을 읽어주거나 그림을 그리게 했다. 지난밤 동화책에서 본 장면을 이야기해주고 결말이 어떻게 되었을지 상상해 돌아가면서 발표하기도 했다. 같은 장면에서 출발했지만 다 다른 결말에 다다랐다. 슬픈 이야기, 웃긴 이야기, 허무맹랑한 이야기, 고독한 이야기…… 이야기에는 우열도 정답도 없었다. 선생님 흉내일 뿐 내가 정말로 의미 있는 무언가를 가르치는 건 아니었지만 함께 대화를 주고받으며 이야기를 만들어가는 시간이 좋았다. 내가 책에서 본 걸 이야깃거리로 건네고, 잠시 기다렸다가 다른 아이들이 하는 말을 듣고, 다 같이 손뼉을 두드리면서 서로를 북돋는 일이 다른 무엇보다 뿌듯하고 즐거웠다. 그때의 기억이 남아 긴 시간을 지난 지금도 그렇게 하고 있는 걸까.

누구에게나 자신만의 이야기가 있다. 겪은 일, 싱싱힌 것, 인상적인 대화, 오늘의 날씨와 기분, 뉴스, 평범하거나 특별한 생각, 사소하거나 강렬한 감정, 어떤 일로 얻은 깨달음 같은 것들. 크고 작은 일상 속에서 이야기가 쌓여간다. 누군가는 그것에 대해 어떻게 말해야 할지 별로 힘들이지 않고도 자기 이야기를 편안하게 꺼낼 수 있다. 또 누군가는 있는 그대로를 말하려 해도 자기표현이 영 어색하고 어렵게 느껴질 수 있다. 자신이 느낀 것을 쉽고 단순한 단어들 몇 개로만 표현하는 사람도 있고, 그것만으로는 어쩐지 아쉽고 불충분하다고 여겨 적확한 말을 찾느라 골똘해지는 사람도 있다. 다른 사람 앞에서 이야기할 계기가 생겨서 말하게 되는 경우이든 노트를 펼치고 문득 무언가를 써내려가고 싶은 충동이 일어 시작한 것이든 자기 이야기를 해보는 것, 그리고 과연 나는 어떻게 말하는 사람인가를 아는 것은 의미 있게 느껴진다. 지금 이 순간 내 생각과 마음을 적어내려가는 일만으로도 내가 삶을 어떻게 받아들이고 이해하는지가 드러나기 때문이다. 무언가를 말하거나 쓸 때 겪게 되는 언어의 미끄러짐, 무수히 벌어지는 작은 시도와 실패. 그럼에도 불구하고 다시 그 자리를 마주하는 용기. 그 과정이 나를 조금 단단하게, 내 삶을 더 건강하게 만들어준다고 믿는다.

고개를 폭 떨어뜨린 채 글을 쓰던 아이들을 한 명 한 명 떠올린다. 오늘은 옥상에 올라가 구름을 바라보자고, 오늘은 성미산에 올라가 잎사귀나 잔가지를 줍자고 조르던 아이들을 떠올린다. 문장을 쓰고 고치고 외우던 시간은 아이들에게 무엇이 되려나. 할말이 없을 때까지 종이를 채우고, 때로는 다 쓴 글을 찢어버리고, 친구들과 글을 바꿔 읽으며 손뼉 치던 경험은 무엇으로 남으려나. 지도와 나침반을 들고 숲을 걷던 시간이 나에게 있던 것처럼, 나는 아이들에게 읽고 쓰는 시간을 통해 집밖으로 나가는 길 하나를 내주고 싶었다. 책과 글이 또하나의 길이 되어 아이들이 다른 세계를 만나고 더 넓은 자기로 나아갈 수 있기를 바랐다. 글쓰기가 당장 어떤 결과를 만들어내지 않아도 괜찮다. 매듭법과 불 피우는 법을 몸으로 익히듯이 글을 쓰면서 마음을 더듬어보고 자기가 느끼고 발견한 것을 조금씩 꺼내는 연습을 하는 것만으로 충분하다. 살아가면서 어렵고 힘든 순간이 있을 때 우리가 한 연습이 효험을 발휘할 수 있다면 그것만으로 족하다.

함께 읽고 쓰면서 오늘도 우리는 기억과 마음을 나눈다. 시간이 흘러도 쉽게 닳지 않을 기억과 마음. 아이들 손이 읽고 쓰는 오늘을 기억해주면 좋겠다. 언젠가 삶의 방향을 잃어버렸다고 느껴지는 때, 문득 어린 날의 마음을 불러다주는 작은 단초가 되어주기를. 좀처럼 쓸모없지만 서랍 속에 남아 있는 핀과 나침반처럼.

어린이의 곁이면 되었다

ⓒ남지은 2026

초판 1쇄 인쇄 2026년 4월 15일
초판 1쇄 발행 2026년 5월 1일

지은이 남지은
펴낸이 김민정
책임편집 유성원
편집 정가현 민윤지 정수범
표지디자인 한혜진 **본문디자인** 엄자영
저작권 박지영 형소진 주은수 오서영 조경은
마케팅 정민호 한민아 이민경 한경화 박진희 황승현 김경언 양지연
브랜딩 함유지 이송이 박민재 김하연 신은서 이준희 조다현
미디어콘텐츠 함근아 김은솔 박다솔
제작 강신은 김동욱 이순호
제작처 천광인쇄사(인쇄) 신안문화사(제본)

펴낸곳 (주)난다
출판등록 2016년 8월 25일 제406-2016-000108호
주소 10881 경기도 파주시 회동길 210
저작권 및 독자문의 copyright_nanda@munhak.com
작가섭외 및 행사문의 innanda@munhak.com
페이스북 @nandaisart **인스타그램** @nandaisart **엑스** @wingedpoems
문의전화 031-955-8865(편집) 031-955-2690(마케팅) 031-955-8855(팩스)

ISBN 979-11-24065-47-1 03810